TRANZLATY

El idioma es para todos

Taal is vir almal

La Transformación
(*La Metamorfosis*)
Die Metamorfose

Franz Kafka

Español
Afrikaans

www.tranzlaty.com

Primera parte
Deel Een

Gregorio Samsa se despertó una mañana de un sueño intranquilo.
Gregor Samsa het eendagoggend uit onrustige drome wakker geword.
Se encontró en su cama, pero incapaz de moverse.
Hy het homself in sy bed bevind, maar nie in staat om te beweeg nie.
Se había transformado en una alimaña monstruosa.
Hy was in 'n monsteragtige ongedierte omskep.
Estaba acostado boca arriba, sobre su espalda, que estaba dura como una armadura.
Hy het op sy rug gelê, wat so hard soos 'n wapenrusting was.
Levantando un poco la cabeza podía ver su barriga.
Deur sy kop effens op te lig, kon hy sy maag sien.
Pero su vientre estaba abovedado y dividido en segmentos.
Maar sy maag was koepelvormig en in segmente verdeel.
La manta descansaba encima de su vientre redondeado.
Die kombers het bo-op sy ronde maag gerus.
Pero la manta estaba a punto de caerse por completo.
Maar die kombers was amper daar om heeltemal af te gly.
Sus piernas eran lamentables comparadas con su tamaño habitual.
Sy bene was pateties in vergelyking met hul gewone grootte.
Y sus muchas piernas se movían impotentes ante sus ojos.
En sy baie bene het hulpeloos voor sy oë geflikker.
"¿Qué me ha pasado?" pensó para sí.
"Wat het met my gebeur?" het hy by homself gedink.
Pero no era un sueño del que no pudiera despertar.
Maar dit was nie 'n droom waaruit hy nie kon wakker word nie.
En realidad era su propia habitación la que él se encontraba.
Dit was regtig sy eie kamer waarin hy homself bevind het.
Un auténtico espacio para humanos, aunque un poco pequeño.

'n Regte kamer vir mense, maar net 'n bietjie te klein.
Él yacía tranquilamente entre las cuatro paredes conocidas.
Hy het stil tussen die vier bekende mure gelê.
Sobre la mesa había una colección de muestras textiles.
Op die tafel was 'n versameling tekstielmonsters.
Samsa era un vendedor ambulante, de ahí las muestras.
Samsa was 'n reisende verkoopsman, vandaar die monsters.
Encima de las muestras textiles desmontadas había una imagen.
Bo die uitmekaar gehaalde tekstielmonsters was 'n prentjie.
Recientemente había recortado la imagen de una revista.
Hy het onlangs die prentjie uit 'n tydskrif gesny.
Había colocado el cuadro en un bonito marco dorado.
Hy het die prentjie in 'n mooi, vergulde raam geplaas.
El cuadro enmarcado mostraba a una dama sentada erguida.
Die geraamde prentjie het 'n dame uitgebeeld wat regop sit.
Llevaba un gorro de piel y tenía un manguito de piel.
Sy het 'n pelshoed gedra en 'n pelsmof gehad.
Ella estaba levantando su mano hacia el espectador de la imagen.
Sy het haar hand na die kyker van die prent opgesteek.
Todo su antebrazo desapareció dentro de su pesado manguito de piel.
Haar hele voorarm het in haar swaar pelsmof verdwyn.
Gregor miró por la ventana el clima gris.
Gregor het deur die venster na die dowwe weer gekyk.
Se podía oír fuertes gotas de lluvia golpeando la ventana.
'n Mens kon swaar reëndruppels hoor wat teen die venster tref.
El clima gris lo hacía sentir muy melancólico.
Die grys weer het hom baie melancholies laat voel.
"¿Qué tal si duermo un poco más?" pensó.
"Wat van ek slaap bietjie langer?" het hy gedink.
"Dormir más podría ayudarme a olvidar estas tonterías".
"Meer slaap kan my dalk help om hierdie onsin te vergeet."
Pero dormir más era completamente inviable.
Maar om langer te slaap was heeltemal onmoontlik.

Porque estaba acostumbrado a dormir sobre su lado derecho.

Omdat hy gewoond was daaraan om op sy regtersy te slaap.

Pero su estado actual le impedía realizar sus movimientos habituales.

Maar sy huidige toestand het sy gewone bewegings verhoed.

No tenía forma de llegar a esa posición.

Hy het geen manier gehad om homself in hierdie posisie te kry nie.

Intentó con todas sus fuerzas lanzarse hacia su lado derecho.

Hy het sy bes probeer om homself op sy regterkant te gooi.

Probablemente intentó este movimiento cientos de veces.

Hy het hierdie beweging waarskynlik 'n honderd keer probeer.

Pero él siempre volvía a la posición supina.

Maar hy het altyd terug in die rugliggende posisie gewieg.

Cerró los ojos para no ver sus piernas inquietas.

Hy het sy oë toegemaak om nie sy frommelende bene te sien nie.

Al final el dolor le impidió intentarlo de nuevo.

Uiteindelik het sy pyn hom gekeer om weer te probeer.

Un dolor sordo en el costado que nunca había sentido antes.

'n Dowwe pyn in sy sy wat hy nog nooit tevore gevoel het nie.

«Oh Dios», pensó desesperado Gregorio Samsa.

"O God," het Gregor Samsa desperaat by homself gedink.

¡Qué profesión tan agotadora he elegido para mí!

"Wat 'n strawwe beroep het ek vir myself gekies!"

"Día tras día tengo que viajar por trabajo".

"Dag in, dag uit, moet ek rondreis vir werk."

"El trabajo de oficina es mucho más fácil que trabajar fuera de casa".

"Kantoorwerk is baie makliker as om op die pad te werk."

"Y tengo la maldición de tener que viajar."

"En ek het die vloek om rond te moet reis."

"Todas las preocupaciones por llegar a tiempo a los trenes."

"Al die bekommernisse oor betyds wees vir die treine."

"Mis horarios de comida son irregulares y la comida es mala".

"My etenstye is onreëlmatig, en die kos is sleg."
"Mis amigos siempre están cambiando de ciudad en ciudad."
"My vriende verander gedurig van dorp tot dorp."
"Las interacciones que tengo son frías y profesionales".
"Die interaksies wat ek het, is koud en professioneel."
"¡Dejad que el Diablo se divierta con este tipo de trabajos!"
"Laat die Duiwel homself met hierdie soort werk vermaak!"
Sintió un ligero picor en la parte superior del estómago.
Hy het 'n effense jeuk bo-op sy maag gevoel.
Se apoyó contra el poste de la cama, con la espalda.
Hy het homself teen die bedpaal gedruk, met sy rug.
Quería poder levantar mejor la cabeza.
Hy wou sy kop beter kon oplig.
Encontró el punto que le picaba y le molestaba.
Hy het die jeukerige plek gevind wat hom gepla het.
Su cabeza parecía estar cubierta de pequeños puntos blancos.
Sy kop het gelyk asof dit met klein wit kolletjies bedek was.
No podía decir qué eran esos pequeños puntos blancos.
Wat hierdie klein wit kolletjies was, kon hy nie sê nie.
Había planeado tocar el lugar con una de sus piernas.
Hy het beplan om die plek met een van sy bene aan te raak.
Pero cuando tocó el lugar sintió un extraño escalofrío.
Maar toe hy die plek aanraak, het hy 'n vreemde koue rilling gevoel.
Entonces inmediatamente retiró la pierna del lugar.
So het hy dadelik sy been van die plek af weggetrek.
No tuvo más remedio que aceptar la sensación de picazón.
Hy het geen ander keuse gehad as om die jeukerige gevoel te aanvaar nie.
Y volvió a su posición anterior en la cama.
En hy het teruggekeer na sy vorige posisie in die bed.
"Despertarse tan temprano realmente te vuelve bastante estúpido".
"Om so vroeg wakker te word, maak mens regtig dom."
"Un hombre debe dormir lo suficiente", pensó.
"'n Man moet genoeg slaap kry," het hy by homself gedink.

"Los demás vendedores ambulantes viven una vida de lujo."
"Die ander reisende verkopers leef 'n lewe van luuksheid."
"Por la mañana transfiero los pedidos que he recibido."
"In die oggend dra ek die bestellings wat ek ontvang het, oor."
"Mientras tanto esos señores todavía están desayunando."
"Intussen eet daardie here nog ontbyt."
"Imagínese si intentara hacer eso con mi jefe".
"Dink net as ek dit met my baas probeer doen het."
"Me despediría antes de terminar mi desayuno."
"Hy sou my afdank voordat ek my ontbyt klaargemaak het."
"Pero quizá eso tampoco sería lo peor."
"Maar miskien sou dit ook nie die ergste ding wees nie."
"El problema es que mis padres me están frenando".
"Die probleem is dat my ouers my terughou."
"Si no fuera por ellos ya habría dimitido."
"As dit nie vir hulle was nie, sou ek reeds bedank het."
"Me habría enfrentado al jefe y se lo habría dicho".
"Ek sou voor die baas opgestaan en hom vertel het."
"Diría exactamente lo que pienso de él y del trabajo".
"Ek sou presies sê wat ek van hom en die werk dink."
"¡Se caería del escritorio si le contara todo!"
"Hy sal van sy lessenaar afval as ek hom alles vertel!"
"Es muy extraña la forma en que se sienta en su escritorio".
"Dit is baie vreemd hoe hy op sy lessenaar sit."
**"La forma en que habla con sus subordinados no es
correcta".**
"Die manier waarop hy met sy ondergeskiktes praat, is nie reg
nie."
"Y lo peor es que su audición es muy pobre".
"En die ergste is dat sy gehoor so swak is."
**"Así que no te queda otra opción que sentarte muy cerca de
él."**
"So jy het geen ander keuse as om baie naby aan hom te sit
nie."
**Pero dicho todo esto, la esperanza no está completamente
perdida todavía.**
"Maar met dit gesê, is hoop nog nie heeltemal verlore nie."

"Ahorraré el dinero para pagar la deuda de mis padres".
"Ek sal die geld spaar om my ouers se skuld af te betaal."
"No puedo hacer nada mientras todavía le deban dinero".
"Ek kan niks doen terwyl hulle hom nog geld skuld nie."
"Pero cuando la deuda esté pagada definitivamente lo haré."
"Maar wanneer die skuld betaal is, sal ek dit beslis doen."
"Probablemente tomará otros cinco o seis años."
"Dit sal waarskynlik nog vyf tot ses jaar duur."
"Sí, entonces definitivamente se hará la gran separación".
"Ja, dan sal die groot skeiding definitief gemaak word."
"Por el momento, sin embargo, debo levantarme de la cama."
"Vir eers moet ek egter uit die bed klim."
"Porque mi tren sale a las cinco en punto."
"Want my trein gaan om vyfuur vertrek."
Gregor miró el despertador que sonaba sobre la mesa.
Gregor het na die wekker wat op die tafel tik, gekyk.
"¡Padre Celestial!" pensó al ver la hora.
"Hemelse Vader!" het hy gedink toe hy die tyd sien.
Las seis y media ya habían pasado silenciosamente.
Halfsewe was reeds stilweg verby.
Y las manecillas del reloj seguían avanzando.
En die horlosie se wysers het aanhou om hulself vorentoe te beweeg.
Y ahora se acercaba la cuarta hora menos cuarto.
En nou het die tyd kwart voor sewe nader gekom.
"¿Quizás la alarma no sonó para despertarme?", pensó.
"Miskien het die alarm nie gelui om my wakker te maak nie?" het hy gedink.
Desde la cama Gregor inspeccionó el despertador.
Vanuit sy bed het Gregor die wekker geïnspekteer.
El despertador estaba programado exactamente para las cuatro.
Die wekker was korrek gestel vir vieruur.
No podía explicarlo, pero la alarma debió haber sonado.
Hy kon dit nie verduidelik nie, maar die alarm moes gelui het.
"¿Cómo pude dormirme a pesar de la alarma sin darme cuenta?"

"Hoe het ek deur die alarm geslaap sonder om te weet?"
Cuando suena la alarma incluso sacude los muebles.
Wanneer dit lui, skud die alarm selfs die meubels.
Sabía que su sueño no había sido para nada tranquilo.
Hy het geweet dat sy slaap glad nie vreedsaam was nie.
Pero quizá por eso su sueño era mucho más profundo.
Maar miskien juis daarom was sy slaap baie dieper.
Tenía que pensar qué debía hacer ahora.
Hy moes dink oor wat hy nou moes doen.
El siguiente tren no salía hasta las siete.
Die volgende trein het eers om sewe-uur vertrek.
Coger ese tren sería casi imposible.
Om daardie trein te haal sou amper onmoontlik wees.
Y aún no había empacado los textiles que necesitaba.
En hy het nog nie die tekstiele gepak wat hy nodig gehad het
nie.
Tampoco se sentía especialmente fresco y ágil.
Hy het ook nie besonder vars en rats gevoel nie.
Quizás había una posibilidad de subir al tren.
Miskien was daar 'n kans om op die trein te klim.
**Pero de todas formas, un regaño por parte del jefe era
inevitable.**
Maar 'n berisping van die baas was in elk geval onvermydelik.
El empleado habría subido al tren de las cinco.
Die klerk sou op die vyfuur-trein geklim het.
El oficinista era una criatura sin carácter del jefe.
Die kantoorklerk was 'n ruggraatlose skepsel van die baas s'n.
Así que la ausencia de Gregor ya habría sido informada.
So Gregor se afwesigheid sou reeds aangemeld gewees het.
**"¿Qué pasa si llamo para avisar que estoy enfermo?" Gregor
estaba pensando.**
"Wat as ek siek meld?" het Gregor gewonder.
Pero eso sería extremadamente embarazoso y sospechoso.
Maar dit sou uiters verleentheid en verdag wees.
**Gregor nunca había estado enfermo durante el tiempo que
trabajó allí.**

Gregor was nog nooit siek in die tyd wat hy daar gewerk het nie.

Y ya les había dado cinco años de servicio.

En hy het hulle reeds vyf jaar diens gegee.

Lo más probable era que el jefe viniera a ver cómo estaba.

Die kanse was goed dat die baas sou kom om hom te ondersoek.

Probablemente traería al médico del seguro médico.

Hy sou waarskynlik die gesondheidsversekeringsdokter saambring.

Y culparía a los padres por la pereza de su hijo.

En hy sou die ouers blameer vir hul lui seun.

No podrían hacerle ninguna objeción.

Hulle sou geen beswaar teen hom kon maak nie.

Porque para él sólo había dos clases de trabajadores.

Want vir hom was daar net twee soorte werkers.

O bien los trabajadores estaban completamente sanos o bien eran reacios al trabajo.

Óf werkers was heeltemal gesond, óf werksku.

¿Y estaría equivocado en ese análisis básico?

En sou hy selfs verkeerd wees in daardie basiese analise?

Ciertamente, en este caso tenía un argumento sólido.

Sekerlik, in hierdie geval het hy 'n sterk argument gehad.

A pesar de su apariencia, Gregor en realidad se sentía bastante bien.

Ten spyte van sy voorkoms het Gregor eintlik heel goed gevoel.

El sueño innecesariamente largo lo dejó un poco somnoliento.

Die onnodige lang slaap het hom 'n bietjie lomerig gemaak.

Pero aparte de eso no podía quejarse de enfermedad.

Maar afgesien daarvan kon hy nie oor siekte kla nie.

Incluso sintió un hambre especialmente fuerte y saludable.

Hy het selfs 'n besonder sterk en gesonde honger gevoel.

Mientras pensaba estos pensamientos el reloj volvió a sonar.

Terwyl hy aan hierdie gedagtes gedink het, het die klok weer geslaan.

Según la alarma eran ya las siete menos cuarto.

Volgens die alarm was dit nou kwart voor sewe.

Y ahora también se oyó un suave golpe en la puerta.

En nou was daar ook 'n sagte klop aan die deur.

—Gregor —lo llamó alguien. Era la madre.

"Gregor," het iemand na hom geroep – dit was die moeder.

"Son las siete menos cuarto", confirmó la alarma.

"Dis kwart voor sewe," het sy die alarm bevestig.

¿No querías irte?, preguntó la suave voz.

"Wou jy nie weggaan nie?" het die sagte stem gevra.

Gregor se asustó cuando oyó su voz respondiendo.

Gregor was bang toe hy sy stem hoor antwoord.

La voz seguía siendo la voz que siempre tuvo.

Die stem was steeds die stem wat hy nog altyd gehad het.

Pero ahora había un nuevo sonido mezclado en su voz.

Maar daar was nou 'n nuwe klank in sy stem gemeng.

Desde lo más profundo de él también salió un doloroso chillido.

Uit diep binne hom het ook 'n pynlike piep gekom.

Al principio su voz parecía formar palabras con claridad.

Aanvanklik het dit gelyk of sy stem woorde met helderheid vorm.

Pero entonces Gregor escuchó el eco mental de su voz.

Maar toe hoor Gregor die geestelike eggo van sy stem.

La grabación de su voz se interrumpió de una manera extraña.

Die opname van sy stem het op 'n vreemde manier gebreek.

Y no estaba seguro de si había escuchado las cosas correctamente.

En hy was nie seker of hy dinge reg gehoor het nie.

Gregor sintió un profundo deseo de dar una respuesta detallada.

Gregor het 'n diep begeerte gevoel om 'n gedetailleerde antwoord te gee.

Quería explicarle todo claramente a su madre.

Hy wou alles duidelik aan sy ma verduidelik.

Pero, dadas las circunstancias, tuvo que limitarse.

Maar, gegewe die omstandighede, moes hy homself beperk.

Y respondió mucho más breve de lo que le hubiera gustado.

En hy het baie korter geantwoord as wat hy sou wou hê.

-Sí madre, no te preocupes, gracias, ya estoy levantado.

"Ja Ma, moenie bekommerd wees nie, dankie, ek is reeds op."

La puerta de madera probablemente ayudó a amortiguar su voz.

Die houtdeur het waarskynlik gehelp om sy stem te demp.

Desde fuera el cambio en la voz de Gregor pasó desapercibido.

Buite het die verandering in Gregor se stem ongemerk gebly.

La madre pareció estar satisfecha con su explicación.

Die moeder het tevrede gelyk met sy verduideliking.

Y ella se fue de nuevo tan silenciosamente como había llegado.

En sy het weer net so stil vertrek soos sy gekom het.

Pero la pequeña conversación tuvo un efecto no deseado.

Maar die kort gesprek het 'n ongewenste uitwerking gehad.

Llamó la atención de los demás miembros de la familia.

Hy het die aandag van die ander familielede getrek.

Gregor todavía estaba en casa y no había ido a trabajar.

Gregor was nog steeds by die huis en het nie werk toe gegaan nie.

Y ahora el padre también llamó a la puerta lateral.

En nou het die pa ook aan die sydeur geklop.

Golpeó débilmente, pero decidido, con el puño.

Hy het swak, maar vasberade, met sy vuis geklop.

—Gregor, Gregor —gritó—, ¿cuál es el problema?

"Gregor, Gregor," het hy geroep, "wat is die probleem?"

Al cabo de un rato volvió a advertir con voz más grave.

Na 'n rukkie het hy weer met 'n dieper stem gewaarsku.

Pero ahora la hermana llamó a la puerta del otro lado.

Maar aan die ander kant van die deur het die suster nou geklop.

"¿Gregor? ¿No te encuentras bien?", preguntó en voz baja.

"Gregor? Gaan dit nie goed met jou nie?" het sy stil gevra.

"¿Necesitas algo?" preguntó preocupada.

"Is daar enigiets wat jy nodig het?" het sy bekommerd gevra.

Gregor respondió a ambas partes: "Ya he terminado".

Gregor het beide kante geantwoord: "Ek is reeds klaar."

Había hecho todo lo posible para pronunciar todas las palabras con cuidado.

Hy het sy bes gedoen om al die woorde versigtig uit te spreek.

Y eliminó todo lo que era llamativo en su voz.

En hy het alles opvallend in sy stem verwyder.

El padre también parecía satisfecho con la respuesta.

Die pa het ook tevrede gelyk met die antwoord.

Y regresó a su desayuno inacabado.

En hy het teruggekeer na sy onvoltooide ontbyt.

Pero la hermana susurró: "Gregor, ábreme, te lo ruego".

Maar die suster het gefluister: "Gregor, maak oop, ek smeek jou."

Pero su preocupación por él no podía conmoverlo de ninguna manera.

Maar haar besorgdheid oor hom kon hom geensins beweeg nie.

Gregor no tenía intención de abrirle la puerta.

Gregor het geen voorneme gehad om die deur vir haar oop te maak nie.

Había adquirido algunos hábitos de cautela al viajar.

Hy het deur reis 'n paar versigtige gewoontes aangeleer.

Y se alababa a sí mismo por haber cerrado las puertas.

En hy het homself geprys omdat hy die deure gesluit het.

Primero quiso levantarse tranquilamente y a su propio ritmo.

Eers wou hy stilweg in sy eie tyd opstaan.

Y sin que nadie le molestara quiso vestirse.

En, sonder om gesteur te word, wou hy aantrek.

Una vez logrado esto, quiso entonces desayunar.

Met dit bereik, wou hy toe ontbyt eet.

Sólo entonces quiso reflexionar más sobre la situación.

Eers toe wou hy die situasie verder oorweeg.

Sabía que no tenía sentido hacer planes en la cama.

Hy het geweet dit help nie om planne in die bed te maak nie.

Sería imposible llegar a una conclusión sensata.
Om tot 'n sinvolle gevolgtrekking te kom, sou onmoontlik wees.
Había habido otras ocasiones en las que se despertó con dolores leves.
Daar was ander kere wat hy met ligte pyne wakker geword het.
Estos dolores siempre resultaban ser pura imaginación.
Hierdie pyne het altyd suiwer verbeelding geblyk te wees.
Al levantarme de la cama el dolor invariablemente desaparecía.
Toe ek uit die bed klim, verdwyn die pyn altyd.
Tenía curiosidad por ver qué pasaría con esas ideas.
Hy was nuuskierig om te sien wat met hierdie idees sou gebeur.
El cambio en su voz probablemente se debió sólo a un resfriado.
Die verandering in sy stem was waarskynlik net van 'n verkoue.
Los resfriados son simplemente un riesgo laboral para los viajeros.
Verkoudhede is net 'n beroepsgevaar vir reisigers.
No tenía ninguna duda de que ésa era la explicación lógica.
Hy het geen twyfel gehad dat dit die logiese verduideliking was nie.
Logró quitarse la manta de encima con facilidad.
Dit was maklik om die kombers van homself af te kry.
Lo único que tenía que hacer era inhalar e inflarse.
Al wat hy moes doen was om inasem te neem en homself op te blaas.
La manta se deslizó de su cuerpo y cayó al suelo.
Die kombers het van sy lyf af gegly en op die vloer neergegly.
Su cuerpo increíblemente ancho dificultaba otras cosas.
Sy ongelooflik breë lyf het ander dinge moeilik gemaak.
Habría necesitado brazos y manos para ponerse de pie.
Hy sou arms en hande nodig gehad het om op te staan.
Pero ya no tenía las extremidades que solía tener.

Maar hy het nie die ledemate gehad wat hy vroeër gehad het nie.

En lugar de brazos y manos tenía muchas piernas pequeñas.

In plaas van arms en hande het hy baie klein beentjies gehad.

Y sus piernas se movían constantemente, sin su control.

En sy bene het aanhoudend beweeg, sonder sy beheer.

Intentó doblar una pierna, pero en lugar de eso se estiró.

Hy het probeer om een been te buig, maar in plaas daarvan het dit gestrek.

Finalmente logró controlar una pierna.

Hy het uiteindelik daarin geslaag om een been onder beheer te kry.

Pero luego se liberó el movimiento de las otras piernas.

Maar toe is die beweging van die ander bene vrygestel.

Y todas sus piernas se crisparon de extrema excitación.

En al sy bene het gebewe van uiterste opgewondenheid.

Primero quería sacar la parte inferior de su cuerpo de la cama.

Eers wou hy sy onderlyf uit die bed kry.

Pero en realidad aún no había visto la parte inferior de su cuerpo.

Maar hy het nog nie eintlik sy onderlyf gesien nie.

Y, de todas formas, resultó demasiado difícil mover esta pieza.

En dit was in elk geval te moeilik om hierdie deel te skuif.

Finalmente, con todas sus fuerzas, realizó un movimiento salvaje.

Uiteindelik, met al sy krag, het hy een wilde skuif gemaak.

Sin más vacilación, avanzó.

Sonder verdere aarseling het hy vorentoe beweeg.

Pero había elegido la dirección equivocada.

Maar hy het die verkeerde rigting gekies om in te beweeg.

Golpeó violentamente su cuerpo contra el poste inferior de la cama.

Hy het sy liggaam hewig teen die onderste bedpaal geslaan.

El dolor ardiente que sintió le enseñó una valiosa lección.

Die brandende pyn wat hy gevoel het, het hom 'n waardevolle les geleer.

La parte inferior de su cuerpo era quizás más sensible.

Die onderste deel van sy lyf was dalk meer sensitief.

Entonces intentó sacar primero la parte superior del cuerpo de la cama.

So het hy probeer om eers sy bolyf uit die bed te kry.

Giró cuidadosamente la cabeza en la dirección correcta.

Hy het sy kop versigtig in die regte rigting gedraai.

Y pronto su cabeza estaba mirando hacia el borde de la cama.

En gou was sy kop teen die rand van die bed.

Este movimiento cauteloso en realidad fue fácil para él.

Hierdie versigtige beweging was eintlik maklik vir hom.

Y su anchura y peso no detuvieron su movimiento.

En sy breedte en gewig het nie sy beweging gestuit nie.

La masa de su cuerpo siguió lentamente el giro de la cabeza.

Sy liggaam se massa het stadig die draai van sy kop gevolg.

Pero luego sostuvo su cabeza sobre el borde de la cama.

Maar toe hou hy sy kop oor die rand van die bed.

Y se enfrentó a un nuevo miedo en el que aún no había pensado.

En hy het 'n nuwe vrees in die gesig gestaar waaraan hy nog nie gedink het nie.

Avanzar más por este camino podría ser peligroso.

Om verder op hierdie manier te vorder, kan gevaarlik wees.

Había pensado que simplemente se dejaría caer.

Hy het gedink hy gaan homself net laat val.

Pero sería un milagro si no se lesionara la cabeza.

Maar dit sou 'n wonderwerk wees as hy nie sy kop beseer het nie.

Ahora no era el momento de arriesgarse a perder el conocimiento.

Nou was nie die tyd om die risiko te loop om bewussyn te verloor nie.

Quizás sería mejor quedarse en la cama después de todo.

Miskien sou dit beter wees om uiteindelik in die bed te bly.

Pero luego tuvo que hacer el mismo esfuerzo para regresar.

Maar toe moes hy dieselfde poging aanwend om terug te kom.

Después de todo ese esfuerzo él estaba tendido allí igual que antes.

Na al daardie moeite het hy daar gelê net soos voorheen.

Y ahora sus piernas parecían incluso más enojadas que antes.

En nou het sy bene selfs kwaaier gelyk as wat hulle was.

Los movimientos de sus piernas se habían vuelto aún más incontrolables.

Sy been se bewegings het selfs meer onbeheerbaar geword.

No veía manera de salir de la situación en la que se encontraba.

Hy het geen manier gesien om uit die situasie waarin hy was, te kom nie.

De este caos no fue posible sacar la paz ni el orden.

Vrede en orde kon nie uit hierdie chaos gebring word nie.

Pero sabía que quedarse en la cama tampoco era una opción.

Maar hy het geweet om in die bed te bly was ook nie 'n opsie nie.

Sacrificarlo todo era la opción más sensata.

Om alles op te offer was die verstandigste opsie.

Se aferró a la más mínima esperanza de levantarse de la cama.

Hy het vasgehou aan die geringste hoop om uit die bed te kom.

Si lo hubiera conseguido, todo riesgo habría valido la pena.

As hy dit reggekry het, sou alle risiko die moeite werd gewees het.

Pero al mismo tiempo también recordó algo más.

Maar hy het terselfdertyd ook iets anders onthou.

"Mejores que decisiones desesperadas son reflexiones tranquilas."

"Beter as desperate besluite is kalm besinning."

Con todo su esfuerzo centró su mirada en la ventana.

Met al sy moeite het hy sy oë op die venster gefokus.

Pero lo que vio le trajo poca confianza y alegría.

Maar wat hy gesien het, het min vertroue en vrolikheid gebring.

La niebla de la mañana cubría toda la estrecha calle.

Die oggendmis het die hele nou straat bedek.

El despertador volvió a sonar; ahora eran las siete.

Die wekker het weer gelui; nou was dit sewe-uur.

"Ya son las siete y todavía hay mucha niebla."

"Dit is al sewe-uur en daar is nog steeds so 'n mis."

Durante un rato permaneció en silencio, respirando débilmente.

Vir 'n rukkie het hy stil gelê en net swak asemgehaal.

Quizás un poco de quietud traería algo de normalidad.

Miskien sal 'n bietjie stilte 'n mate van normaliteit bring.

Un silencio absoluto podría provocar las condiciones reales.

Volslae stilte kan die werklike toestande teweegbring.

Pero antes de que el reloj volviera a sonar, rompió el silencio.

Maar voordat die klok weer geslaan het, het hy die stilte verbreek.

"Antes de que el reloj vuelva a sonar, debo levantarme de la cama."

"Voordat die klok weer slaan, moet ek uit die bed wees."

"Para entonces tengo que estar totalmente fuera de la cama."

"Ek moet absoluut heeltemal uit die bed wees teen daardie tyd."

"Después de las siete y cuarto la oficina enviará a alguien."

"Ná kwart oor agt sal die kantoor iemand stuur."

"Porque la oficina abrió antes de las siete."

"Omdat die kantoor voor sewe-uur oopgemaak het."

Y ahora empezó a balancear su cuerpo fuera de la cama.

En hy het nou sy lyf uit die bed begin wieg.

Había abandonado el centrarse en la parte superior o inferior de su cuerpo.

Hy het opgehou om op sy bo- of onderlyf te fokus.

Todo el largo de su cuerpo tuvo que salir de la cama.

Die hele lengte van sy liggaam moes die bed verlaat.

Caer de esa manera debería proteger su cabeza, pensó.

Om so te val behoort sy kop te beskerm, het hy gedink.

Había planeado levantar la cabeza cuando cayera al suelo.

Hy het beplan om sy kop op te lig toe hy die grond tref.

La parte posterior de su cuerpo parecía lo suficientemente dura para el impacto.

Die agterkant van sy lyf het hard genoeg gelyk vir die impak.

Y la alfombra estaba allí para suavizar el aterrizaje.

En die mat was daar om die landing te versag.

Sin embargo, su mayor preocupación era el fuerte ruido.

Sy grootste bekommernis was egter die harde geraas.

El ruido estrepitoso asustaría a todos en la casa.

Die gekraakgeluid sou almal in die huis bang maak.

Quizás no les daría miedo el ruido fuerte.

Miskien sou hulle nie bang wees vir die harde geraas nie.

Pero seguramente se preocuparían si oyeran eso.

Maar hulle sou sekerlik bekommerd wees as hulle dit hoor.

Pero había que correr el riesgo de llamar la atención.

Maar die risiko om aandag te trek moes geneem word.

El nuevo método era más un juego que un esfuerzo.

Die nuwe metode was meer van 'n spel as 'n poging.

Tuvo que balancear su cuerpo con movimientos bruscos y espasmódicos.

Hy moes sy lyf in skielike en rukkerige bewegings wieg.

Gregor ya estaba medio levantado de la cama.

Gregor was reeds halfpad uit die bed.

Ahora se le ocurrió una idea nueva.

Nou was daar 'n nuwe gedagte wat by hom opgekom het.

"Todo sería tan fácil si alguien viniera en mi ayuda."

"Dit sou alles so maklik wees as iemand my te hulp sou kom."

"Dos personas fuertes serían suficientes."

"Twee sterk mense sou heeltemal voldoende wees."

Su padre y la criada serían lo suficientemente fuertes.

Sy pa en die bediende sou sterk genoeg wees.

Sólo tendrían que deslizar los brazos bajo su espalda.

Hulle sou net hul arms onder sy rug moes inskuif.

Y luego pudieron sacarlo fácilmente de la cama.

En toe kon hulle hom maklik uit die bed skil.

Quizás habrían tenido que bajarle el peso poco a poco.
Miskien sou hulle sy gewig stadig moes verminder het.
Ojalá entonces las piernas hubieran encontrado su propósito.
Hopelik sou die bene dan hul doel gevind het.
¿No sería mejor después de todo pedir ayuda?
"Sou dit nie beter wees om hulp te ontbied nie?"
El problema, por supuesto, era que había cerrado las puertas.
Die probleem was natuurlik dat hy die deure gesluit het.
Había algo en ese pensamiento que le hacía cosquillas.
Daar was iets omtrent die gedagte wat hom gegril het.
Y a pesar de sus dificultades, no pudo evitar esbozar una sonrisa.
En ten spyte van sy ontbering, kon hy nie 'n glimlag onderdruk nie.
Ya estaba cerca de perder el equilibrio.
Hy was nou reeds naby daaraan om sy balans te verloor.
Cada movimiento lo acercaba más a caerse de la cama.
Elke swaai het hom nader daaraan gebring om van die bed af te kantel.
Pronto tendría que tomar la decisión final.
Binnekort sou hy die finale besluit moes neem.
En cinco minutos serían las siete y cuarto.
Oor vyf minute sou dit kwart oor sewe wees.
Mientras pensaba estos pensamientos, sonó el timbre.
Terwyl hy hierdie gedagtes gehad het, lui die deurklokkie.
"Es alguien de la oficina", se dijo.
"Dis iemand van die kantoor," het hy vir homself gesê.
Y casi se quedó paralizado de miedo ante la visita.
En hy het amper gevries van vrees as gevolg van die besoeker.
Sus piernas bailaron aún más salvajemente que antes.
Sy bene het selfs wilder gedans as voorheen.
Pero luego, por un momento, todo quedó en silencio.
Maar toe, vir 'n oomblik, het alles stil gebly.
"No abrirán la puerta", se dijo Gregor.
"Hulle sal nie die deur oopmaak nie," het Gregor vir homself gesê.

Todavía estaba atrapado en una esperanza sin sentido.
Hy was steeds vasgevang in 'n soort sinnelose hoop.
Pero luego, por supuesto, la criada se dirigió a la puerta.
Maar toe, natuurlik, stap die bediende na die deur toe.
Y como siempre, le abrió la puerta al visitante.
En, soos altyd, het sy die deur vir die besoeker oopgemaak.
A Gregor le bastó con oír el primer saludo del visitante.
Gregor hoef net die besoeker se eerste groet te hoor.
Pudo saber inmediatamente quién había venido a buscarlo.
Hy kon dadelik sien wie vir hom gekom het.
El propio jefe de oficina había venido a ver cómo estaba Samsa.
Die hoofklerk self het gekom om Samsa te ondersoek.
¿Por qué Gregor fue el único condenado a este destino?
Waarom was Gregor die enigste een wat tot hierdie lot veroordeel is?
¿Por qué sólo él tuvo que servir en tal organización?
Waarom moes net hy in so 'n organisasie dien?
El más mínimo descuido despertaba inmediatamente sospechas.
Die geringste oorsig het onmiddellik agterdog gewek.
¿Todos los empleados que trabajaban allí eran unos sinvergüenzas?
Was al die werknemers wat daar gewerk het skurke?
¿No había entre ellos ninguna persona fiel y devota?
Was daar geen getroue en toegewyde persoon onder hulle nie?
¿No podrían haber enviado simplemente un aprendiz?
Kon hulle nie maar net 'n vakleerling oorstuur het nie?
¿Era realmente necesario todo este cuestionamiento?
Was al hierdie ondervraging werklik enigsins nodig?
¿El representante autorizado tenía que venir personalmente?
Moes die gemagtigde verteenwoordiger self kom?
¿Había que informar a toda la familia inocente?
Moes die hele onskuldige familie ingelig word?
Todas estas consideraciones impulsaron a Gregor a actuar.
Al hierdie oorwegings het Gregor tot aksie beweeg.

Se levantó de la cama con todas sus fuerzas.

Hy het homself met al sy mag uit die bed geswaai.

Se escuchó un fuerte estallido, pero no era realmente un ruido.

Daar was 'n harde slag, maar dit was nie regtig 'n geraas nie.

La caída había sido ligeramente suavizada por la alfombra.

Die val was effens versag deur die mat.

Su espalda era más elástica de lo que Gregor había pensado.

Sy rug was meer elasties as wat Gregor gedink het.

Así que el sonido era más apagado y no tan perceptible.

So die klank was meer dof, en nie so opvallend nie.

Pero no había cuidado su cabeza durante la caída.

Maar hy het nie na sy kop omgesien tydens die val nie.

Y cuando golpeó el suelo también se golpeó la cabeza.

En toe hy die grond tref, het hy ook sy kop gestamp.

Se frotó la cabeza contra la alfombra con rabia y dolor.

Hy het sy kop op die mat gevryf van woede en pyn.

Pero el gerente de la habitación de al lado escuchó el ruido.

Maar die bestuurder in die kamer langsaan het die geraas gehoor.

"Algo cayó allí", observó correctamente.

"Iets het daar ingeval," het hy tereg opgemerk.

Gregor intentó imaginarse al gerente en su situación.

Gregor het probeer om die bestuurder in sy situasie voor te stel.

"¿Podría pasarle lo mismo a él?" se preguntó.

"Kan dieselfde met hom gebeur?" het hy gewonder.

Aceptó que este extraño acontecimiento pudiera ser posible.

Hy het aanvaar dat hierdie vreemde gebeurtenis moontlik kon wees.

Y entonces el jefe de oficina dio unos pasos hacia la habitación.

En toe het die hoofklerk 'n paar treë na die kamer gegee.

Fue casi una respuesta burda a la pregunta que hizo.

Dit was amper 'n growwe antwoord op die vraag wat hy gevra het.

Sus botas de cuero crujieron cuando se acercó a la puerta.

Sy leerstewels het gekraak toe hy die deur nader.

Desde la habitación de su derecha su criada le susurró:

Vanuit die kamer aan sy regterkant het sy bediende vir hom gefluister.

Gregor, el representante autorizado está aquí.

"Gregor, die gemagtigde verteenwoordiger is hier."

—Lo sé —dijo Gregor, pero sólo en voz baja, para sí mismo.

"Ek weet," het Gregor gesê, maar net stil vir homself.

No se atrevió a levantar la voz por encima de un susurro.

Hy het nie gewaag om sy stem bo 'n fluistering te verhef nie.

Porque Gregor no quería que su hermana lo oyera.

Omdat Gregor nie wou hê sy suster moes hom hoor nie.

—Gregor —dijo el padre desde la habitación de la izquierda.

"Gregor," het die pa vanuit die kamer aan die linkerkant gesê.

"El gerente ha venido a comprobar cuál es el problema".

"Die bestuurder het gekom om te kyk wat die probleem is."

"Él te preguntó por qué no saliste en el tren temprano."

"Hy het gevra hoekom jy nie met die vroeë trein vertrek het nie."

"No sabemos qué decirle", dijo el padre.

"Ons weet nie wat om vir hom te sê nie," het die pa gesê.

"Por cierto, también quiere hablar contigo personalmente."

"Terloops, hy wil ook persoonlik met jou praat."

"Por favor, abre la puerta para que pueda hablar contigo."

"Maak asseblief die deur oop, sodat hy met jou kan praat."

"Tendrá la amabilidad de disculpar el desorden en la habitación".

"Hy sal so gaaf wees om die gemors in die kamer te verskoon."

"Buenos días, señor Samsa", le saludó el gerente.

"Goeiemôre, mnr. Samsa," het die bestuurder na hom geroep.

Y ciertamente le habló de manera amistosa.

En hy het beslis op 'n vriendelike manier met hom gepraat.

"No está bien", le dijo la madre al gerente.

"Hy is nie gesond nie," het die ma vir die bestuurder gesê.

"No se encuentra bien en absoluto, créame, querido gerente."

"Hy is glad nie gesond nie, glo my, liewe bestuurder."

¿Por qué si no, Gregor perdería el tren de la mañana?

"Waarom anders sou Gregor die oggendtrein mis?"
"El chico no tiene nada en la cabeza excepto el negocio."
"Die seun het niks anders op sy gedagtes as die besigheid nie."
"Casi me molesta que no haga nada más".
"Dit irriteer my amper dat hy niks anders doen nie."
"Me gustaría que saliera por las noches a tomar aire fresco".
"Ek wens hy het saans uitgegaan vir vars lug."
"Estuvo en la ciudad ocho días por negocios."
"Hy was agt dae lank in die stad vir besigheid."
"Pero él estaba en casa todas esas noches"
"Maar toe was hy elkeen van daardie aande by die huis"
"Se sienta en nuestra mesa y lee el periódico".
"Hy sit aan ons tafel en lees die koerant."
"En otras ocasiones, estudia los horarios de los trenes."
"Op ander tye bestudeer hy die treinroosters."
"A veces se mantiene ocupado con la carpintería".
"Soms hou hy homself wel besig met timmerwerk."
"Por ejemplo, talló un pequeño marco de madera para cuadros".
"Hy het byvoorbeeld 'n klein hout prentraam gekerf."
"Estuvo ocupado con la sierra durante dos o tres tardes".
"Oor twee of drie aande was hy besig met die saag."
"Te sorprenderá lo bonito que es el marco de fotos".
"Jy sal verbaas wees oor hoe mooi die prentraam is."
"Ha colgado el marco de fotos en su habitación."
"Hy het die prentraam in sy kamer opgehang."
"Cuando abra la puerta veréis su carpintería."
"Wanneer hy die deur oopmaak, sal jy sy houtwerk sien."
"Por cierto, me alegro de que esté aquí, señor Prokurist".
"Terloops, ek is bly u is hier, mnr. Prokurist."
"Solos no habríamos podido lograr que Gregor abriera la puerta."
"Ons alleen kon Gregor nie die deur laat oopmaak het nie."
"Es muy terco", le confesó su madre al empleado.
"Hy is so koppig," het sy ma aan die klerk bely.
"Ciertamente está enfermo, aunque antes lo negó".
"Hy is beslis ongesteld, alhoewel hy dit voorheen ontken het."

"Estaré allí enseguida", dijo Gregor lentamente y con cuidado.

"Ek sal nou daar wees," het Gregor stadig en versigtig gesê.

Pero no hizo ningún movimiento hacia la puerta de la habitación.

Maar hy het geen beweging in die rigting van die kamerdeur gemaak nie.

No quería perderse ni una palabra de la conversación.

Hy wou nie 'n woord van die gesprek verloor nie.

El secretario jefe estuvo de acuerdo con la evaluación de la madre.

Die hoofklerk het met die moeder se assessering saamgestem.

-Tampoco puedo explicarlo de otra manera, señora.

"Ek kan dit ook nie anders verduidelik nie, mevrou."

"Esperemos que no tenga ninguna enfermedad grave", dijo.

"Laat ons almal hoop dat hy geen ernstige siekte het nie," het hy gesê.

"Por otro lado, es un peligro en nuestra industria".

"Aan die ander kant is dit 'n gevaar in ons bedryf."

"Nosotros, los empresarios, a menudo tenemos que superar el malestar."

"Ons sakemense moet dikwels ongemak oorkom."

"Los profesionales simplemente tienen que aguantar los dolores leves".

"Professionele persone moet net deur effense pyne druk."

Mientras tanto su padre volvió a llamar a la otra puerta.

Intussen het sy pa weer aan die ander deur geklop.

"¿Puede entrar ahora el jefe de oficina?" quiso saber.

"Kan die hoofklerk nou inkom?" wou hy weet.

"No, no puede", respondió Gregor a la pregunta de su padre.

"Nee, hy kan nie," het Gregor op sy pa se vraag geantwoord.

Un silencio incómodo cayó en la habitación de la izquierda.

'n Ongemaklike stilte het in die kamer aan die linkerkant neergesak.

En la habitación de la derecha la hermana comenzó a sollozar.

In die kamer aan die regterkant het die suster begin huil.

¿Por qué la hermana no se había ido a estar con los demás?
Waarom het die suster nie gegaan om by die ander te wees
nie?
Probablemente acababa de levantarse de la cama, pensó.
Sy het waarskynlik pas uit die bed geklim, het hy gedink.
Es posible que ni siquiera haya empezado a vestirse todavía.
Sy het dalk nog nie eers begin aantrek nie.
Pero Gregor no podía entender por qué ella lloraba.
Maar Gregor kon nie verstaan hoekom sy gehuil het nie.
¿Fue porque no se levantó y dejó entrar al gerente?
Was dit omdat hy nie opgestaan en die bestuurder ingelaat het
nie?
¿Fue porque estaba en peligro de perder su trabajo?
Was dit omdat hy in gevaar was om sy werk te verloor?
¿Podría el jefe venir a buscar a los padres como antes?
Kan die baas dalk agter die ouers aankom soos voorheen?
¿Iba a volver a hacerles las mismas exigencias de siempre?
Sou hy weer die ou eise aan hulle stel?
**Estas cosas probablemente no hacían que hubiera que
preocuparse.**
Oor hierdie dinge hoef mens waarskynlik nie bekommerd te
wees nie.
Por el momento no tenía motivos para llorar.
Vir eers het sy geen rede gehad om te huil nie.
Gregor todavía estaba allí, manteniendo a la familia.
Gregor was steeds hier en het vir die gesin gesorg.
Y nunca tuvo intención de abandonar a la familia.
En hy het nooit enige voorneme gehad om die familie te
verlaat nie.
**Por el momento, simplemente permaneció tendido sobre la
alfombra.**
Vir eers het hy net daar op die mat gelê.
La familia desconocía la condición en la que se encontraba.
Die familie het nie geweet in watter toestand hy was nie.
Si lo hubieran sabido no habrían animado a su jefe.
As hulle geweet het, sou hulle nie sy baas aangemoedig het
nie.

Ni siquiera habrían dejado entrar al gerente a la casa.
Hulle sou nie eens die bestuurder in die huis toegelaat het nie.
No habría sido particularmente grosero rechazarlo.
Om hom weg te wys sou nie besonder onbeskof gewees het nie.
Fácilmente podría haber encontrado una excusa adecuada más tarde.
Hy kon later maklik 'n geskikte verskoning gevind het.
No era algo por lo que lo hubieran podido despedir.
Dit was nie iets waarvoor hy afgedank kon word nie.
Gregor pensó que ahora sería más sensato que lo dejaran solo.
Gregor het gevoel dat dit nou meer sinvol sou wees om alleen gelaat te word.
Molestarlo con llantos y conversaciones no sirvió de mucho.
Om hom met gehuil en gepraat te steur, het min bereik.
Pero fue la incertidumbre lo que molestó a los demás.
Maar dit was die onsekerheid wat die ander gepla het.
Y fue esta incertidumbre la que justificó su comportamiento.
En dit was hierdie onsekerheid wat hul gedrag verskoon het.
—¡Señor Samsa! —gritó el gerente en voz alta.
"Meneer Samsa," het die bestuurder met verhewe stem uitgeroep.
"¿Qué te pasa?" quiso saber.
"Wat gaan aan met jou?" wou hy weet.
"Te has atrincherado en tu habitación."
"Jy het jouself in jou kamer versper."
"Solo puedes responder con un 'sí' o un 'no'."
"Jy antwoord slegs met 'n 'ja' of 'nee'."
"Estás causando serias preocupaciones a tus padres."
"Jy veroorsaak ernstige bekommernisse vir jou ouers."
"No veo ninguna buena razón para preocuparlos".
"Ek kan nie 'n goeie rede sien waarom jy hulle sou bekommer nie."
"Hay otra cosa más que mencionaré de paso."
"Daar is nog een ding wat ek terloops sal noem."

"**También estás descuidando tus obligaciones comerciales hacia nosotros**".

"Jy versuim ook jou sakepligte teenoor ons."

"**Esa irresponsabilidad está totalmente fuera de tu carácter**".

"Sulke onverantwoordelikheid is heeltemal buite jou karakter."

"**Hablo aquí en nombre de tus padres y de tu jefe**".

"Ek praat hier namens jou ouers en jou baas."

"**Y os pido una explicación inmediata y clara.**"

"En ek vra u vir 'n onmiddellike en duidelike verduideliking."

"**Todo esto realmente me sorprende, debo decir**".

"Hierdie hele ding verbaas my regtig, ek moet sê."

"**Pensé que te conocía como una persona tranquila y razonable.**"

"Ek het gedink ek ken jou as 'n kalm en redelike persoon."

"**Pero ahora nos estás mostrando un lado diferente de ti**".

"Maar nou wys jy vir ons 'n ander kant van jouself."

"**De repente estás mostrando tus caprichos tan peculiares.**"

"Skielik wys jy jou baie eienaardige grille."

"**Pero podría haber una explicación para tu fracaso**".

"Maar daar mag dalk 'n verduideliking wees vir jou mislukking."

"**El jefe mencionó una deuda que usted había cobrado para nosotros.**"

"Die baas het 'n skuld genoem wat jy vir ons ingevorder het."

"**Le di al jefe mi palabra de honor en tu nombre**".

"Ek het die baas my erewoord namens jou gegee."

"**Pero ahora veo tu incomprensible terquedad.**"

"Maar nou sien ek jou onbegryplike koppigheid."

"**Aún podría perder todo mi deseo de ayudarte.**"

"Ek kan dalk steeds al my begeerte verloor om jou hoegenaamd te help."

"**Su seguridad laboral no es en absoluto totalmente estable**".

"Jou werksekerheid is geensins heeltemal stabiel nie."

"**Originalmente tenía la intención de contarte todo esto en privado**".

"Ek wou jou oorspronklik al hierdie dinge privaat vertel."

"Pero ahora veo que quieres que pierda mi tiempo aquí".

"Maar nou sien ek jy wil hê ek moet my tyd hier mors."

"Así que no veo ninguna razón por la que tus padres no deberían saberlo."

"So ek sien geen rede waarom jou ouers nie moet weet nie."

"Su desempeño reciente no ha sido satisfactorio."

"Jou onlangse prestasie was nie bevredigend nie."

"Reconozco que las ventas son más lentas en esta época del año".

"Ek gee toe dat verkope hierdie tyd van die jaar stadiger is."

"Pero no hay época del año en que no haya ventas".

"Maar daar is geen tyd van die jaar vir geen verkope nie."

Por un momento Gregor olvidó todo lo que le rodeaba.

Vir 'n oomblik vergeet Gregor alles rondom homself.

—¡Pero señor Prokurist! —gritó Gregor desesperado.

"Maar mnr. Prokurist," het Gregor wanhopig uitgeroep.

"Abriré la puerta enseguida, ahora mismo, no te preocupes."

"Ek sal die deur dadelik oopmaak, moenie bekommerd wees nie."

"El problema es que me he estado sintiendo bastante mal."

"Die probleem is dat ek nogal sleg voel."

"Mi mareo me impidió llegar a la puerta."

"My duiseligheid het my verhoed om by die deur uit te kom."

"Todavía estoy en cama, pero me siento mucho mejor."

"Ek lê nog steeds in die bed, maar ek voel baie beter."

"Un momento por favor, me estoy levantando de la cama."

"Wag asseblief net 'n oomblik, ek klim nou net uit die bed."

"Un momento de paciencia es todo lo que pido, señor Prokurist."

"'n Oomblik se geduld is al wat ek vra, mnr. Prokurist."

"No va tan bien como pensaba, pero estaré bien".

"Dit gaan nie so goed soos ek gedink het nie, maar ek sal oukei wees."

"¿Cómo puede sucederle algo así a una persona tan rápidamente?"

"Hoe kan so iets so vinnig met 'n mens gebeur?"

"Me sentí bien anoche, mis padres lo saben."

"Ek het gisteraand goed gevoel, my ouers weet dit."
"Pero quizá ya tuve una pequeña premonición entonces."
"Maar miskien het ek toe reeds 'n klein voorgevoel gehad."
"Quizás te preguntes por qué no lo reporté en la oficina".
"Jy mag dalk vra hoekom ek dit nie by die kantoor aangemeld
het nie."
"Pensé que me sentiría mucho mejor por la mañana".
"Ek het gedink ek sou môreoggend weer baie beter voel."
**"Uno siempre piensa que para entonces ya habrá superado la
enfermedad."**
"'n Mens dink altyd hulle sal die siekte teen daardie tyd
oorkom."
"¡Pero por favor! ¡Libera a mis padres de estas acusaciones!"
"Maar asseblief! Spaar my ouers van hierdie beskuldigings!"
"No me han dicho ni una palabra de lo que me contaste."
"Ek is nie 'n woord vertel van wat jy my vertel het nie."
"Puede que no hayas leído las últimas órdenes que envié".
"Jy het dalk nie die laaste bevele gelees wat ek uitgestuur het
nie."
"Por cierto, no tienes que preocuparte por mí hoy."
"Terloops, jy hoef jou nie vandag oor my te bekommer nie."
"Aun así voy a tomar el tren de las ocho."
"Ek gaan steeds die agtuur-trein neem."
"Las pocas horas de descanso me han fortalecido bastante".
"Die paar uur se rus het my genoeg versterk."
"Realmente no hay necesidad de esperar, gerente."
"Daar is regtig geen nodigheid vir u om te wag nie,
bestuurder."
"Yo también estaré en la oficina muy pronto."
"Ek sal ook binnekort self in die kantoor wees."
"Y por favor, ten la amabilidad de decirme algo bueno".
"En wees asseblief so gaaf om 'n goeie woordjie vir my in te
sit."
**Gregor había pronunciado su explicación con bastante
precipitación.**
Gregor het sy verduideliking nogal haastig uitgespreek.
Apenas sabía lo que realmente estaba tratando de decir.

Hy het skaars geweet wat hy eintlik probeer sê het.

Se acercó a la caja y trató de usarla para ponerse de pie.

Hy het na die boks gegaan en probeer om dit te gebruik om op te staan.

Realmente tenía toda la intención de abrir la puerta.

Hy het werklik elke voorneme gehad om die deur oop te maak.

Quería ser visto por el representante autorizado.

Hy wou deur die gemagtigde verteenwoordiger gesien word.

Y quería resolver el problema con él personalmente.

En hy wou die probleem persoonlik saam met hom oplos.

Estaba ansioso por saber cómo reaccionarían los demás ante él.

Hy was gretig om te weet hoe die ander op hom sou reageer.

Ya deben estar ansiosos por ver cómo está.

Hulle moet nou ook gretig wees om te sien hoe dit met hom gaan.

Había dos formas posibles en las que podían reaccionar ante él.

Daar was twee moontlike maniere waarop hulle op hom kon reageer.

Una posibilidad era que estuvieran asustados.

Een moontlikheid was dat hulle bang sou wees.

Si estaban asustados entonces él no tenía ninguna responsabilidad.

As hulle bang was, dan het hy geen verantwoordelikheid gehad nie.

Y entonces no tendría que preocuparse por la situación.

En dan sou hy hom nie oor die situasie hoef te bekommer nie.

Pero también había otra posibilidad en la que pensar.

Maar daar was ook 'n ander moontlikheid om oor na te dink.

Quizás aceptarían con calma su forma de ser.

Miskien sou hulle kalm aanvaar hoe hy was.

Entonces Gregor tampoco tendría motivos para enojarse.

Dan sou Gregor ook geen rede hê om ontsteld te raak nie.

Todavía habría tiempo suficiente para coger el tren.

Daar sou nog genoeg tyd wees om die trein te haal.

Sin embargo, mantenerse en pie no fue una tarea fácil.

Om regop te staan was egter geensins 'n maklike taak nie.

En sus primeros intentos se resbaló de la caja.

Met sy eerste paar pogings het hy van die boks afgegly.

La caja era demasiado lisa para que él pudiera apoyarse contra ella.

Die boks was te glad vir hom om daarteen op te staan.

Y finalmente se dio un último empujón para ponerse de pie.

En uiteindelik het hy homself een laaste stoot gegee om op te staan.

Ya no le prestó más atención al dolor en su abdomen.

Hy het nie meer aandag aan die pyn in sy buik gegee nie.

No importaba cuánto dolor sintiera, él lo superaría.

Maak nie saak hoeveel pyn dit was nie, hy sou daardeur kom.

Se dejó caer contra el respaldo de una silla cercana.

Hy het homself teen die rugleuning van 'n nabygeleë stoel laat val.

Y se agarró a los bordes con sus pequeñas piernas.

En hy het met sy klein beentjies aan die kante vasgehou.

En ese momento ya tenía más control de sí mismo.

Hy het op hierdie stadium meer beheer oor homself gekry.

Y su caída fue más silenciosa que la anterior.

En sy val was stiller as die vorige een.

Porque tenía que escuchar lo que decía el gerente.

Omdat hy moes luister na wat die bestuurder gesê het.

¿Entendieron algo de eso?, preguntó a los padres.

"Het julle enigiets daarvan verstaan?" het hy die ouers gevra.

"No se burlaría de nosotros, ¿verdad?"

"Hy sou ons tog nie belaglik maak nie, nè?"

—¡Por Dios! —gritó la madre, ya llorando.

"Ter wille van God," roep die moeder, reeds huilend.

"Puede que esté gravemente enfermo y lo estamos atormentando".

"Hy is dalk ernstig siek en ons pynig hom."

"¡Grete! ¡Grete!", le gritó a la hija.

"Grete! Grete!" het sy vir die dogter geskree.

"¿Mamá?" llamó la hermana desde el otro lado.

"Ma?" roep die suster van die ander kant af.

Luego se comunicaron a través de la habitación de Gregor.

Toe het hulle deur Gregor se kamer gekommunikeer.

Gregor está muy enfermo y necesita medicamentos.

"Gregor is baie siek en hy het medisyne nodig."

"Tendrás que ir al médico inmediatamente."

"Jy sal dadelik dokter toe moet gaan."

¿Escuchaste cómo habló Gregor hace un momento?

"Het jy gehoor hoe Gregor nou net gepraat het?"

"Esa era la voz de un animal", dijo el gerente.

"Dit was die stem van 'n dier," het die bestuurder gesê.

Sus palabras eran silenciosas comparadas con los gritos de la madre.

Sy woorde was stil in vergelyking met die ma se gille.

—¡Anna! ¡Anna! —llamó el padre desde la antesala.

"Anna! Anna!" het die pa deur die voorkamer geroep.

Y aplaudió para llamar su atención.

En hy het sy hande geklap om hulle aandag te trek.

"¡Llama a un cerrajero inmediatamente!" le ordenó a la criada.

"Kry dadelik 'n slotmaker!" het hy die bediende beveel.

Las muchachas, con sus faldas, corrían por la antesala.

Die meisies, in hul rompe, het deur die voorkamer gehardloop.

Y sus faldas crujieron mientras corrían frente a su habitación.

En hulle rompe het geritsel toe hulle verby sy kamer hardloop.

"¿Cómo se vistió la hermana tan rápido?" pensó.

"Hoe het die suster so vinnig aangetrek?" het hy gedink.

La puerta se abrió de golpe, pero no se cerró de golpe.

Die deur was oopgeskeur, maar dit was nie toegeslaan nie.

Esto es común en los hogares donde ocurre una gran desgracia.

Dit is algemeen in huise waar 'n groot ongeluk plaasvind.

Pero todo esto había hecho que Gregor se volviera mucho más tranquilo.

Maar dit alles het Gregor baie kalmer gemaak.

Cuando escuchó sus propias palabras le parecieron claras.

Toe hy sy eie woorde hoor, het hulle vir hom duidelik gelyk.

De hecho, sintió que sus palabras habían sido más claras.

Trouens, hy het gevoel dat sy woorde eintlik duideliker was.

Pero los demás ya no entendían lo que decía.

Maar die ander het nie meer verstaan wat hy gesê het nie.

Quizás ya se había acostumbrado a sus oídos.

Miskien het hy nou al gewoond geraak aan sy ore.

Pero al menos ahora entendían mejor su situación.

Maar ten minste het hulle nou sy situasie beter verstaan.

Se dieron cuenta de que realmente había algo mal con él.

Hulle het besef daar was regtig iets fout met hom.

Y ahora estaban haciendo todo lo que podían para ayudarlo.

En hulle het nou alles in hul vermoë gedoen om hom te help.

Esto le dio a Gregor una sensación de confianza que le faltaba.

Dit het Gregor 'n gevoel van selfvertroue gegee wat hy kortgekom het.

Y se sintió nuevamente mucho más seguro en la familia.

En hy het weer baie veiliger in die familie gevoel.

Se sintió incluido nuevamente en el círculo humano.

Hy het gevoel dat hy weer in die menslike kring ingesluit was.

Ahora tenía que esperar que el cerrajero pudiera abrir la puerta.

Nou moes hy hoop dat die slotmaker die deur kon oopmaak.

Y esperaba que el médico pudiera realizar tales tareas.

En hy het gehoop dat die dokter sulke take kon verrig.

Pronto tendría que hablar más.

Hy sou binnekort weer meer moes praat.

Su voz tendría que ser lo más clara posible.

Sy stem moes so duidelik as moontlik wees.

Para prepararse para la reunión se aclaró la garganta.

Om voor te berei vir die vergadering het hy sy keel skoongemaak.

Sin embargo, hizo todo lo posible para toser muy silenciosamente.

Hy het egter sy bes gedoen om net baie stil te hoes.

El ruido podría haber sonado diferente a una tos humana.

Die geraas het dalk anders geklink as 'n menslike hoes.

Sabía que ya no podía diferenciar esas cosas.

Hy het geweet hy kon sulke dinge nie meer onderskei nie.

En la habitación contigua reinaba un silencio absoluto.

In die volgende kamer het dit heeltemal stil geword.

Los padres probablemente estaban sentados a la mesa.

Die ouers het waarskynlik aan tafel gesit.

Quizás estaban susurrando con el gerente.

Hulle het dalk met die bestuurder gefluister.

Quizás todos estaban apoyados en la puerta y escuchando.

Miskien het almal by die deur geleun en geluister.

Gregor empujó lentamente la silla hacia la puerta.

Gregor stoot die stoel stadig na die deur toe.

Empujó la puerta y se mantuvo en pie.

Hy het teen die deur gedruk en homself regop gehou.

Se enteró de que las almohadillas de sus pies tenían un poco de pegamento.

Hy het geleer dat die kussings van sy voete 'n bietjie gom gehad het.

Y descansó allí un momento del esfuerzo.

En hy het daar vir 'n oomblik gerus van die inspanning.

Después de descansar lo suficiente, comenzó con la siguiente tarea.

Nadat hy genoeg gerus het, het hy met die volgende taak begin.

Empezó a girar la llave en la cerradura con la boca.

Hy het die sleutel in die slot met sy mond begin draai.

Desafortunadamente, parecía que no tenía dientes reales.

Ongelukkig het dit gelyk of hy geen werklike tande gehad het nie.

¿Pero qué otra forma tenía de conseguir las llaves?

Maar watter ander manier het hy gehad om die sleutels te gryp?

Afortunadamente para él, sus mandíbulas eran, por supuesto, muy fuertes.

Gelukkig vir hom was sy kake natuurlik baie sterk.

Con la ayuda de sus mandíbulas realmente consiguió mover la llave.

Met die hulp van sy kake het hy die sleutel regtig aan die beweeg gekry.

No tenía ninguna duda de que él también se estaba haciendo daño.

Hy het geen twyfel gehad dat hy homself ook skade berokken het nie.

Porque de su boca salía un líquido marrón.

Omdat 'n bruin vloeistof uit sy mond gekom het.

El líquido marrón fluyó sobre la llave y por la puerta.

Die bruin vloeistof het oor die sleutel en teen die deur af gevloei.

Pero a Gregorio no le importaba hacerse daño a sí mismo.

Maar Gregor het nie omgegee dat hy homself seermaak nie.

"¿Puedes oír eso?" dijo el gerente en la habitación de al lado.

"Kan jy dit hoor?" het die bestuurder in die kamer langsaan gesê.

"Está girando la llave", había notado el gerente.

"Hy draai die sleutel," het die bestuurder opgemerk.

Estas palabras fueron un gran estímulo para Gregor.

Hierdie woorde was 'n groot aanmoediging vir Gregor.

Pero el padre y la madre también deberían haber gritado:

Maar die pa en ma moes ook uitgeroep het:

«¡Bien, Gregor!», deberían haberle gritado.

"Goed, Gregor," moes hulle vir hom geskree het.

"Sigue adelante, sigue girando esa llave, puedes lograrlo".

"Hou aan, hou aan om daardie sleutel te draai, jy kan dit doen."

Pero Gregor tuvo que imaginarse su emoción.

Maar in plaas daarvan moes Gregor hul opgewondenheid verbeel.

Apretó las mandíbulas con toda la fuerza que tenía.

Hy het sy kakebeen met al die krag wat hy gehad het, geklem.

Y continuó girando la llave en la cerradura.

En hy het aangehou om die sleutel in die slot om te draai.

Dolorosamente su cuerpo se retorció en un círculo.

Pynlik het sy liggaam in 'n sirkel om die lyf gedraai.

Ahora se mantenía erguido únicamente con la boca.

Hy het homself nou net met sy mond regop gehou.

Para seguir girando la llave presionó contra la puerta.

Om die sleutel aan te hou draai, het hy teen die deur gedruk.

Finalmente el chasquido de la cerradura despertó de nuevo a Gregor.

Uiteindelik het die klap van die slot Gregor weer wakker gemaak.

"Así que no necesité al cerrajero", suspiró aliviado.

“So ek het nie die slotmaker nodig gehad nie,” sug hy met verligting.

Ahora sólo faltaba abrir la puerta que había desbloqueado.

Nou moes hy net die deur oopmaak wat hy oopgesluit het.

Y con la cabeza en el pomo abrió la puerta.

En met sy kop op die handvatsel het hy die deur oopgemaak.

Estaba detrás de la puerta que daba a su habitación.

Hy was agter die deur, wat na sy kamer oopgemaak het.

Así que la puerta ya estaba abierta antes de que pudiera ser visto.

So was die deur reeds oop voordat hy gesien kon word.

A continuación tuvo que maniobrar para rodear la puerta.

Volgende moes hy homself om die deur self maneuvreer.

Este difícil movimiento también requirió mucho esfuerzo.

Hierdie moeilike beweging het ook baie moeite geverg.

No quería caer torpemente en la habitación contigua.

Hy wou nie lomp in die volgende kamer val nie.

Así que no tuvo tiempo de prestar atención a nada más.

Hy het dus geen tyd gehad om aan enigiets anders aandag te skenk nie.

Pero entonces oyó al jefe de oficina exclamar en voz alta: "¡Oh!".

Maar toe hoor hy die hoofklerk 'n harde "O!" sê.

Sonaba como si el viento corriera a través de la casa.

Dit het geklink asof die wind deur die huis waai.

Resultó que él era el que estaba más cerca de la puerta.

Hy was toevallig die een naaste aan die deur.

Y al verlo, se llevó la mano a la boca.
En nou, toe hy hom sien, het hy sy hand voor sy mond gedruk.
Se movió lentamente hacia atrás, alejándose de Gregor.
Hy het homself stadig agteruit beweeg, weg van Gregor.
Pero era como si una fuerza invisible actuara sobre él.
Maar dit was asof 'n onsigbare krag op hom inwerk.
Lo primero que hizo la madre fue mirar al padre.
Die eerste ding wat die ma gedoen het, was om na die pa te kyk.
A pesar de la presencia del gerente, su cabello estaba despeinado.
Ten spyte van die bestuurder se teenwoordigheid, was haar hare deurmekaar.
Desplegó los brazos y dio dos pasos hacia adelante.
Sy het haar arms oopgevou en twee treë vorentoe gegee.
Pero entonces se desplomó en medio de su falda.
Maar toe het sy in die middel van haar romp ineengestort.
Su vestido se extendió a su alrededor en el suelo.
Haar rok het oral om haar op die vloer versprei.
Y su cabeza desapareció sobre sus propios pechos.
En haar kop het op haar eie borste verdwyn.
El padre apretó el puño con expresión hostil.
Die pa het sy vuis met 'n vyandige uitdrukking geklem.
Parecía querer que Gregor fuera empujado de nuevo a su habitación.
Hy wou blykbaar hê Gregor moes terug in sy kamer gestoot word.
Luego miró con incertidumbre alrededor de la sala de estar.
Toe kyk hy onseker rond in die sitkamer.
Y finalmente se cubrió los ojos entre las manos.
En uiteindelik het hy sy oë tussen sy hande toegemaak.
Y lloró amargamente hasta que su poderoso pecho se estremeció.
En hy het bitterlik geween totdat sy magtige bors gebewe het.
Gregor en realidad no entró en su habitación.
Gregor het glad nie eintlik in hul kamer ingegaan nie.

En lugar de eso, se apoyó contra el marco de la puerta.

In plaas daarvan het hy teen die deurkosyn geleun.

Para los que estaban desde fuera solo era visible la mitad de su cuerpo.

Slegs die helfte van sy liggaam was sigbaar vir diegene buite.

Y encima de su cuerpo estaba su cabeza, inclinada hacia un lado.

En bo-op sy lyf was sy kop, sywaarts gekantel.

Para entonces la luz se había vuelto mucho más brillante que antes.

Teen hierdie tyd het die lig baie helderder geword as voorheen.

Ahora se podía ver claramente el otro lado de la calle.

'n Mens kon nou duidelik die ander kant van die straat sien.

Apareció una sección del interminable y gris hospital.

'n Gedeelte van die eindelose, grys hospitaal het homself onthul.

La lluvia de la mañana aún no había parado del todo de caer.

Die oggendreën het nog nie heeltemal opgehou val nie.

Pero ahora las gotas de lluvia eran más grandes y estaban más separadas.

Maar nou was die reëndruppels groter, en verder uitmekaar.

Los platos del desayuno estaban en abundancia en la mesa.

Die ontbytgeregte was in oorvloed op die tafel.

El padre pensaba que el desayuno era la comida más importante.

Die pa het ontbyt as die belangrikste maaltyd beskou.

El desayuno era una comida que se prolongaba durante horas.

Ontbyt was 'n maaltyd wat hy ure lank uitgesleep het.

Y en esas horas leía los distintos periódicos.

En in hierdie ure het hy die verskillende koerante gelees.

Justo en la pared opuesta colgaba una fotografía de Gregor.

Net aan die oorkantste muur het 'n foto van Gregor gehang.

La fotografía en la pared lo mostraba como teniente.

Die foto teen die muur het hom as 'n luitenant uitgebeeld.

Era una fotografía de su época en el ejército.

Dit was 'n foto uit die tyd wat hy in die weermag deurgebring het.

Su mano estaba sobre su espada y tenía una sonrisa despreocupada.

Sy hand was op sy swaard, en hy het 'n sorgvrye glimlag gehad.

Su postura y su uniforme exigían cierto respeto.

Sy postuur en sy uniform het 'n sekere respek afgedwing.

La otra puerta que conducía a la antesala también estaba abierta.

Die ander deur wat na die voorkamer gelei het, was ook oop.

Y la puerta del apartamento todavía estaba abierta también.

En die deur na die woonstel was ook nog oop.

Se podía ver hasta el patio delantero del apartamento.

'n Mens kon tot by die woonstel se voorhof sien.

Y luego las escaleras conducían a la calle de abajo.

En toe het die trappe af gelei na die straat onder.

Gregor fue el único que mantuvo la compostura.

Gregor was die enigste een wat sy kalmte behou het.

Él vio esto, por lo que la conversación era su responsabilidad.

Hy het dit gesien, so die gesprek was sy verantwoordelikheid.

"Bueno, ahora me voy a vestir para ir a trabajar", dijo.

"Wel, ek gaan nou aantrek vir werk," het hy gesê.

"Después de haber empaquetado las muestras textiles, me iré."

"Nadat ek die tekstielmonsters gepak het, sal ek vertrek."

"¿Aún tiene intención de dispararme, señor Prokurist?"

"Is u steeds van plan om my af te dank, mnr. Prokurist?"

"Como puedes ver, no soy tan terco como pensabas."

"Soos jy kan sien, is ek nie so koppig soos jy gedink het nie."

"Y puedes ver que después de todo me gusta trabajar".

"En jy kan sien dat ek tog daarvan hou om te werk."

"Puedo admitir que viajar por trabajo no es fácil".

"Ek kan erken dat dit nie maklik is om vir werk te reis nie."

"Pero también puedo aceptar que es parte de mi trabajo".

"Maar ek kan ook aanvaar dat dit deel van my werk is."

"Gerente, ¿adónde va? ¿De vuelta a la oficina?"

"Bestuurder, waarheen gaan jy? Terug kantoor toe?"

"**¿Informarás verazmente de todo lo que has visto?**"

"Sal jy eerlikwaar alles rapporteer wat jy gesien het?"

"**A veces sucede que uno no puede ir a trabajar.**"

"Soms gebeur dit dat 'n mens nie werk toe kan gaan nie."

"**Este es el momento adecuado para recordar los logros pasados**".

"Dit is die regte tyd om vorige prestasies te onthou."

"**Después de eliminar la dificultad, uno trabaja aún mejor.**"

"Nadat die moeilikheid verwyder is, werk mens selfs beter."

"**Mi diligencia y concentración aumentarán**".

"My ywer en konsentrasie gaan toeneem."

"**Sabes muy bien que estoy en deuda con el jefe.**"

"Jy weet baie goed dat ek die baas in die skuld is."

"**Pero también estoy preocupada por mis padres y mi hermana**".

"Maar ek is ook bekommerd oor my ouers en my suster."

"**Estoy en una situación difícil, pero encontraré la manera de salir de ella**".

"Ek is in 'n moeilike posisie, maar ek sal my pad daaruit werk."

"**No hagas esto más difícil de lo que ya es.**"

"Moenie dit moeiliker maak as wat dit reeds is nie."

"**Como compañeros de trabajo también tenemos que ayudarnos unos a otros**".

"As kollegas moet ons mekaar ook help."

"**Sé que a los trabajadores de oficina no les gustan los viajeros**".

"Ek weet die kantoorwerkers hou nie van die reisigers nie."

"**¿Crees que ganamos una fortuna y llevamos una buena vida?**"

"Jy dink ons verdien 'n fortuin en lei goeie lewens."

"**No tienen ningún motivo real para considerar sus prejuicios**".

"Hulle het geen werklike rede om hul vooroordeel te oorweeg nie."

"Pero usted, oficial autorizado, tiene un papel diferente."
"Maar u, gemagtigde beampte, het 'n ander rol."
"Tienes una mejor visión general que el resto del personal".
"Jy het 'n beter oorsig as die ander personeel."
"De hecho, creo que probablemente tengas la mejor visión general".
"Trouens, ek dink jy het dalk die beste oorsig."
"Tienes una visión mejor que el propio jefe".
"Jy het 'n beter oorsig as die baas self."
"Admito que el jefe hace el trabajo empresarial".
"Ek erken dat die baas wel die entrepreneuriese werk doen."
"Pero es fácil que sus juicios sean erróneos."
"Maar dit is maklik vir sy oordele om mislei te word."
"Y estos pequeños errores de juicio pueden ser en nuestro detrimento".
"En hierdie klein wanopvattings kan tot ons nadeel wees."
"Ya sabes lo fácil que es hablar del viajero."
"Jy weet hoe maklik dit is om oor die reisiger te praat."
"Él no está allí para defender su reputación de los chismes".
"Hy is nie daar om sy reputasie teen skinderstories te verdedig nie."
"Esas acusaciones pueden fácilmente ser meras coincidencias".
"Hierdie beskuldigings kan maklik net toevallighede wees."
"Muchas quejas ni siquiera tienen su base en ninguna verdad."
"Baie klagtes is nie eens in enige waarhede gewortel nie."
"Está fuera de la oficina casi todo el año."
"Hy is amper die hele jaar uit die kantoor."
¿Qué posibilidades tiene de defender su propia reputación?
"Watter kans het hy om sy eie reputasie te verdedig?"
"Ni siquiera se entera de las acusaciones".
"Hy kry nie eens te hore van die beskuldigings nie."
"Se entera de lo que se ha dicho cuando ya es demasiado tarde."
"Hy vind uit wat gesê is wanneer dit te laat is."
A estas alturas ya está exhausto por el viaje del día.

"Teen daardie stadium is hy uitgeput van die dag se reis."
"De todos modos, tendrá que experimentar las terribles consecuencias".
"Hy moet in elk geval die verskriklike gevolge ervaar."
"Aunque no tiene forma de entender el problema."
"Al het hy geen manier om die probleem te verstaan nie."
"Oh, gerente, no se vaya sin decirme una palabra".
"Ag bestuurder, moenie weggaan sonder om 'n woord met my te sê nie."
"Al menos dime que estás de acuerdo conmigo en parte."
"Sê ten minste vir my dat jy gedeeltelik met my saamstem."
Pero el manager se había alejado de Gregor mucho antes.
Maar die bestuurder het Gregor baie vroeër verlaat.
Su hombro se contrajo cuando volvió a mirar a Gregor.
Sy skouer het gebewe toe hy terug na Gregor kyk.
Y no se quedó quieto ni un solo momento durante su discurso.
En hy het nie een keer stilgestaan tydens die toespraak nie.
Él había mirado a Gregor con los labios fruncidos.
Hy het met getuite lippe terug na Gregor gekyk.
Se había ido retirando gradualmente hacia la puerta.
Hy het geleidelik na die deur teruggetrek.
Pero tampoco podía apartar la mirada de Gregor.
Maar hy kon ook nie sy oë van Gregor afhaal nie.
Sintió como si hubiera una prohibición secreta de salir de la habitación.
Hy het gevoel asof daar 'n geheime verbod was om die kamer te verlaat.
Pero a estas alturas ya estaba en el vestíbulo de entrada.
Maar teen hierdie stadium was hy reeds in die voorportaal.
Y ahora hizo un movimiento repentino hacia la salida.
En nou het hy skielik na die uitgang gebeweging.
Extendió su mano derecha hacia las escaleras.
Hy het sy regterhand na die trappe uitgesteek.
Quizás una fuerza sobrenatural estaba esperando para salvarlo.
Miskien het 'n bonatuurlike krag gewag om hom te red.

Gregor sabía que no podía permitir que se fuera así.
Gregor het geweet hy kon hom nie toelaat om so te vertrek nie.
El gerente no debe regresar con el mismo humor en el que estaba.
Die bestuurder moenie terugkeer in die bui waarin hy was nie.
La seguridad del trabajo de Gregor estaba en grave peligro.
Die sekuriteit van Gregor se werk was baie in gevaar.
Los padres no podían comprender plenamente todo esto.
Die ouers kon dit alles nie ten volle verstaan nie.
Con los años se habían acostumbrado a su seguridad laboral.
Oor die jare het hulle gewoond geraak aan sy werksekerheid.
Y se convencieron de que tenía el trabajo de por vida.
En hulle was oortuig dat hy die werk vir die lewe gehad het.
En lugar de eso, se habían ocupado de otras preocupaciones.
In plaas daarvan het hulle besig geraak met meer ander bekommernisse.
Pero estas preocupaciones les hicieron perder toda previsión.
Maar hierdie bekommernisse het daartoe gelei dat hulle alle vooruitsig verloor het.
Gregor, sin embargo, no había perdido la previsión paterna.
Gregor het egter nie die ouer se versiendheid verloor nie.
Alguien tenía que detener al representante autorizado.
Iemand moes die gemagtigde verteenwoordiger stop.
Iba a tener que calmarlo y convencerlo.
Hy sou hom moes kalmeer en hom oortuig.
¡El futuro de Gregor y su familia dependía de ello!
Die toekoms van Gregor en sy gesin het daarvan afgehang!
Ojalá la inteligente hermana hubiera estado allí para ayudar.
As die intelligente suster maar net hier was om te help.
Ella ya había llorado cuando Gregor todavía estaba en su habitación.
Sy het reeds gehuil toe Gregor nog in sy kamer was.
En ese momento él simplemente yacía tranquilamente boca arriba.
Op daardie stadium het hy net stil op sy rug gelê.
Ella ya sabía entonces la importancia de la situación.

Sy het toe reeds die belangrikheid van die situasie geweet.

El gerente tenía una debilidad bien conocida por las mujeres.

Die bestuurder het 'n bekende sagte plekkie vir vroue gehad.

Ella fácilmente podría haberlo persuadido para que se quedara más tiempo.

Sy kon hom maklik oorreed het om langer te bly.

Ella habría cerrado la puerta y lo habría guiado adentro.

Sy sou die deur toegemaak het en hom terug binnetoe gelei het.

Pero desafortunadamente la hermana había ido a buscar un médico.

Maar ongelukkig het die suster gegaan om 'n dokter te kry.

Así que Gregor no tuvo más remedio que hacerlo él mismo.

Daarom het Gregor geen ander keuse gehad as om dit self te doen nie.

No había considerado cuáles eran realmente sus habilidades.

Hy het nie oorweeg wat sy werklike vermoëns was nie.

Y se había olvidado de desconfiar de su capacidad de hablar.

En hy het vergeet om sy vermoë om te praat te wantrou.

Pero aún así, abandonó la seguridad de su habitación.

Maar nietemin het hy die veiligheid van sy kamer verlaat.

Y se abrió paso a través de la abertura de la habitación.

En hy het homself deur die opening van die kamer gestoot.

El gerente ya estaba bajando las escaleras.

Die bestuurder was reeds op pad af met die trappe af.

Pero él se agarraba a la barandilla con ambas manos.

Maar hy het met albei hande aan die relings vasgehou.

Gregor se cayó mientras intentaba atravesar la puerta.

Gregor het geval toe hy homself deur die deur stoot.

Dejó escapar un pequeño grito mientras trataba de agarrar algo para apoyarse.

Hy het 'n sagte gil uitgestoot terwyl hy na ondersteuning gegryp het.

Pero en lugar de pánico, sintió un bienestar físico.

Maar eerder as paniek, het hy 'n fisiese welstand gevoel.

Por primera vez esa mañana algo se sintió bien.

Vir die eerste keer daardie oggend het iets reg gevoel.

Todas sus piernas ahora tenían tierra sólida debajo de ellas.

Al sy bene het nou vaste grond onder hulle gehad.

Se sorprendió de lo bien que podía controlar sus piernas.

Hy was verbaas oor hoe goed hy sy bene kon beheer.

Se alegró de notar que sus piernas le obedecían completamente.

Hy was bly om te sien dat sy bene hom volkome gehoorsaam het.

De hecho, sus piernas lo llevaban a donde quería.

Trouens, sy bene het hom gedra waar hy wou.

Pronto todas sus penas estaban destinadas a llegar a su fin.

Gou sou al sy smarte tot 'n einde kom.

Pero en ese mismo momento su propia madre saltó.

Maar op dieselfde oomblik het sy eie ma opgespring.

Sus brazos estaban extendidos y sus dedos separados.

Haar arms was uitgestrek, en haar vingers was versprei.

Y ella gritó: "¡Socorro! ¡Por el amor de Dios, que alguien ayude!"

En sy het uitgeroep: "Help, ter wille van God, iemand help!"

Ella inclinó la cabeza; quería ver mejor a Gregor.

Sy het haar kop gekantel; sy wou Gregor beter sien.

Pero en contraposición a la primera acción, ella corrió hacia atrás.

Maar in sametrekking tot die eerste aksie, het sy teruggehardloop.

Se había olvidado que la mesa estaba puesta detrás de ella.

Sy het vergeet dat die tafel agter haar gedek was.

Todos los elementos para el desayuno todavía estaban en la mesa.

Al die goedjies vir ontbyt was nog op die tafel.

Se sentó apresuradamente en la mesa, como distraída.

Sy het haastig op die tafel gaan sit, asof afgelei.

Y ella no pareció darse cuenta del café derramado.

En dit lyk nie of sy die gemorste koffie opgemerk het nie.

El café que ahora estaba empapando la alfombra.

Die koffie wat nou in die mat ingetrek het.

—Mamá, madre —dijo Gregor suavemente, mirándola.

"Moeder, moeder," het Gregor saggies gesê en na haar opgekyk.

Por el momento el manager no era importante para él.

Vir die oomblik was die bestuurder nie vir hom belangrik nie.

Pero también estaba el café goteando sobre la alfombra.

Maar daar was ook die koffie wat op die mat gedrup het.

Gregor no pudo resistirse a chasquear las mandíbulas al tomar el café.

Gregor kon nie weerstaan om sy kakebeen oor die koffie te klap nie.

La madre comenzó a llorar nuevamente por su comportamiento.

Die ma het weer begin huil as gevolg van sy gedrag.

Ella saltó de la mesa para distanciarse de él.

Sy het van die tafel afgespring om haarself van hom te distansieer.

Y ella corrió a los brazos del padre, buscando seguridad.

En sy het in die arms van die vader gehardloop, vir veiligheid.

Pero Gregor ya no tenía tiempo que perder con sus padres.

Maar Gregor het nou geen tyd vir sy ouers gehad nie.

El oficial autorizado ya estaba en las escaleras.

Die gemagtigde beampte was reeds op die trappe.

Apoyó la barbilla en la barandilla para mirar dentro de la casa.

Hy het sy ken op die reling gehad om in die huis in te kyk.

Al parecer quería echar un último vistazo al espectáculo.

Blykbaar wou hy nog een laaste kykie na die skouspel hê.

Y Gregor hizo un último esfuerzo para llegar hasta el gerente.

En Gregor het 'n laaste poging aangewend om die bestuurder te bereik.

Corrió hacia la puerta tan seguro como pudo.

Hy het so veilig as wat hy kon na die deur gehardloop.

Pero el jefe de oficina debía de sospechar algo.

Maar die hoofklerk moes iets vermoed het.

Porque saltó varios escalones y desapareció.

Omdat hy 'n paar trappies afgespring en verdwyn het.

—¡Huh! —gritó Gregor, resonando en la escalera.

"Huh!" het Gregor geskree, en deur die trappe weergalm.

La fuga del gerente también pareció confundir a su padre.

Die bestuurder se ontsnapping het ook sy pa verwar.

Hasta entonces había conseguido mantener la compostura.

Hy het tot op daardie stadium daarin geslaag om redelik kalm te bly.

Pero desgraciadamente él también perdió la compostura que había tenido.

Maar ongelukkig het hy ook die kalmte verloor wat hy gehad het.

Lo que debería haber hecho es ayudar a Gregor en su persecución.

Wat hy moes gedoen het, is om Gregor in sy strewe te help.

Pero con una mano agarró el bastón del gerente.

Maar hy het die bestuurder se kierie in een hand gegryp.

Y en la otra mano sostenía ahora un periódico.

En in die ander hand het hy nou 'n koerant vasgehou.

Y ahora estorbó directamente a Gregor en su persecución.

En hy het Gregor nou direk in sy agtervolging belemmer.

Se había colocado entre Gregor y la calle.

Hy het homself tussen Gregor en die straat geplaas.

Golpeó el suelo con los pies y agitó el palo y el periódico.

Hy het met sy voete gestamp en die stok en koerantpapier geswaai.

Y él estaba forzando activamente a Gregor a regresar a su habitación.

En hy het Gregor aktief terug in sy kamer gedwing.

Ninguna de las peticiones que Gregor intentó hacer sirvió de algo.·

Nie een van die versoeke wat Gregor probeer maak het, het gehelp nie.

Porque ninguna de las peticiones que hizo fue entendida.

Omdat geeneen van die versoeke wat hy gerig het, verstaan is nie.

Giró la cabeza hacia un ángulo más profundo y humilde.

Hy het sy kop na 'n dieper, meer nederige hoek gedraai.

Pero su padre respondió golpeando el suelo con más fuerza.

Maar sy pa het geantwoord deur nog harder met sy voete te stamp.

La madre abrió una ventana, a pesar del clima frío.

Die ma het 'n venster oopgemaak, ten spyte van die koel weer.

Y apretó su cara entre sus manos en el frío.

En sy het haar gesig in haar hande in die koue gedruk.

El viento ahora podría pasar por todo el apartamento.

Die wind kon nou deur die hele woonstel waai.

Una fuerte corriente de aire soplaba desde la escalera hacia el callejón.

'n Sterk trek het van die trap na die stegie gewaai.

Las cortinas se agitaban a causa del fuerte viento.

Die gordyne het deur die sterk wind rondgefladder.

Y el periódico sobre la mesa crujió con el viento.

En die koerant op die tafel het in die wind geritsel.

Incluso algunas hojas fueron arrastradas hasta el interior de la casa desde el exterior.

Selfs sommige blare is van buite af in die huis ingewaai.

El padre pateaba y empujaba sin descanso.

Die pa het met sy voete gestamp en meedoënloos gedruk.

Y silbaba y hacía ruidos como lo haría un hombre salvaje.

En hy het gesis en geluide gemaak soos 'n wilde man sou.

Pero Gregor aún no había practicado el caminar hacia atrás.

Maar Gregor het nog nie geoefen om agteruit te loop nie.

Incluso Gregor admitiría que este movimiento era mucho más lento.

Selfs Gregor sou erken dat hierdie beweging baie stadiger was.

Pero lo único que quería era la oportunidad de cambiar las cosas.

Al wat hy egter wou hê, was die geleentheid om om te draai.

Entonces se habría ido directamente a su habitación.

Dan sou hy dadelik na sy kamer gegaan het.

Pero tenía demasiado miedo de impacientar a su padre.

Maar hy was te bang om sy pa ongeduldig te maak.

Y allí estaba la amenaza de un golpe con el palo.
En daar was die dreigement van 'n hou met die stok.
**Un golpe así en la parte posterior de la cabeza podría ser
fatal.**
So 'n hou teen die agterkop kan noodlottig wees.
Pero al final Gregor no tuvo otra opción.
Maar uiteindelik het Gregor geen ander keuse gehad nie.
**Se dio cuenta de que ni siquiera podía caminar hacia atrás
en línea recta.**
Hy het besef dat hy nie eers reguit agteruit kon loop nie.
Empezó a girar tan rápido como pudo.
Hy het so vinnig as wat hy kon begin omdraai.
**Pero en realidad este movimiento giratorio era igualmente
lento.**
Maar in werklikheid was hierdie draaibeweging net so stadig.
Y le siguieron las miradas ansiosas del padre.
En hy is gevolg deur die vader se angstige blikke.
Quizás el padre notó las buenas intenciones de Gregor.
Miskien het die vader Gregor se goeie bedoelings opgemerk.
Porque no le impidió darse la vuelta.
Omdat hy hom nie gesteur het om om te draai nie.
Incluso utilizó la punta de su bastón para guiar la rotación.
Hy het selfs die punt van sy stok gebruik om die rotasie te lei.
**¡Pero Gregor aún deseaba que su padre no le hubiera
silbado!**
Maar Gregor het steeds gewens die pa het nie vir hom gesis
nie!
El silbido sólo aumentó la confusión del momento.
Die gesis het net bygedra tot die verwarring van die oomblik.
Y luego cometió un error y giró en la dirección equivocada.
En toe maak hy 'n fout en draai in die verkeerde rigting.
Al final logró encarar el camino correcto.
Uiteindelik het hy dit uiteindelik reggekry om die regte pad te
vind.
Y estaba satisfecho con el progreso que había logrado.
En hy was tevrede met die vordering wat hy gemaak het.

Pero entonces el siguiente problema se hizo aún más evidente.

Maar toe het die volgende probleem selfs meer duidelik geword.

Su cuerpo era demasiado ancho para pasar fácilmente por la puerta.

Sy lyf was te wyd om maklik deur die deur te pas.

En su estado actual el padre no se dio cuenta de esto.

In sy huidige toestand het die pa dit nie opgemerk nie.

Así que no se le ocurrió abrir más la puerta.

Dit het dus nie by hom opgekom om die deur verder oop te maak nie.

Entonces habría habido suficiente espacio para Gregor.

Dan sou daar genoeg plek vir Gregor gewees het.

Su única prioridad era conseguir que Gregor entrara a su habitación.

Sy enigste prioriteit was om Gregor in sy kamer te kry.

Habría tenido que ponerse de pie para poder pasar por la puerta.

Hy sou moes opstaan om deur die deur te pas.

Pero el padre no hubiera permitido tal maniobra.

Maar die pa sou nie so 'n maneuver toegelaat het nie.

De hecho, le estaba siseando aún más salvajemente que antes.

Trouens, hy het selfs wilder as voorheen na hom gesis.

Sonaba como si más de un hombre le estuviera silbando.

Dit het geklink soos meer as net een man wat na hom sis.

Sus demandas parecían tener una nueva urgencia detrás.

Sy eise het blykbaar 'n nuwe dringendheid agter hulle gehad.

Realmente ya no había más tiempo para perder el tiempo.

Daar was nou regtig nie meer tyd vir rondmors nie.

Pasara lo que pasara, Gregor tenía que atravesar la puerta.

Wat ook al gebeur het, Gregor moes deur die deur kom.

Se abrió paso sin ningún respeto por sí mismo.

Hy het homself deurgedruk sonder enige selfagting.

Un lado de su cuerpo fue empujado hacia arriba por el movimiento.

Een kant van sy liggaam is deur die beweging opwaarts
gedwing.

Y él yacía torpe y torcido en el umbral de la puerta.

En hy het ongemaklik en skeef tussen die deuropening gelê.

Uno de sus flancos quedó en carne viva rozando la madera.

Een van sy flanke was rou teen die hout gevryf.

Y había dejado feas manchas en la puerta pintada de blanco.

En hy het lelike vlekke op die witgeverfde deur gelaat.

**Las piernas de uno de sus costados colgaban temblando en
el aire.**

Die bene aan een van sy sye het bewerig in die lug gehang.

**Sus otras piernas estaban presionadas dolorosamente contra
el suelo.**

Sy ander bene was pynlik in die vloer gedruk.

**Pronto se quedaría atrapado completamente entre las
puertas.**

Binnekort sou hy heeltemal tussen die deur vasgevang wees.

Y entonces no habría podido moverse en absoluto.

En dan sou hy glad nie kon beweeg nie.

Pero el padre le dio un fuerte empujón realmente liberador.

Maar die pa het hom 'n werklik bevrydende sterk stoot gegee.

**Y cayó, sangrando profusamente, hasta el fondo de su
habitación.**

En hy het, hewig bloeiend, diep in sy kamer geval.

El padre cerró la puerta tras de sí con su bastón.

Die pa het die deur agter hom met sy stok toegeslaan.

Y finalmente hubo algo de paz y tranquilidad nuevamente.

En toe was daar uiteindelik weer 'n bietjie rus en vrede.

Segunda parte
Deel Twee

Gregor no se despertó hasta mucho más tarde ese mismo día.

Gregor het eers baie later in die dag wakker geword.

Había anochecido; había dormido profundamente e inconscientemente.

Die skemer het geval; hy het swaar en bewusteloos geslaap.

Se habría despertado incluso sin que nadie lo hubiera molestado.

Hy sou wakker geword het selfs sonder om gesteur te word.

Porque se sentía suficientemente descansado y bien dormido.

Omdat hy wel voldoende uitgerus en goed geslaap gevoel het.

Pero le pareció oír unos pasos fugaces afuera.

Maar hy het gedink hy hoor 'n paar vlietende treë buite.

Y alguien podría haber cerrado cuidadosamente la puerta principal.

En iemand het dalk die voordeur versigtig toegemaak.

La luz del tranvía eléctrico se reflejaba pálidamente en el techo.

Die lig van die elektriese trem het vaal op die plafon gelê.

La parte superior del mueble también recibió un poco de luz.

Die bokant van die meubels het ook 'n bietjie lig gekry.

Pero allá abajo, a la altura de Gregor, estaba oscuro.

Maar onder op die grond, op Gregor se vlak, was dit donker.

Sus piernas lo empujaron lentamente hacia la puerta nuevamente.

Sy bene het hom stadig weer na die deur toe gestoot.

Tenía mucha curiosidad por ver qué había sucedido allí.

Hy was baie nuuskierig om te sien wat daar gebeur het.

Pero su control de sus sensores aún no estaba desarrollado.

Maar sy beheer oor sy voelers was nog nie ontwikkel nie.

Aunque empezó a apreciar estos nuevos sensores.

Alhoewel hy hierdie nuwe sensors begin waardeer het.

**Una cicatriz larga y desagradable parecía recorrer su costado
izquierdo.**
'n Lang onaangename litteken het gelyk of dit langs sy
linkerkant afloop.
La cicatriz parecía como si apretara ese lado de su cuerpo.
Die litteken het gevoel asof dit aan daardie kant van sy lyf
stywer trek.
**Y entonces tuvo que cojear literalmente sobre sus dos filas
de piernas.**
En so moes hy letterlik op sy twee rye bene mank loop.
Esa mañana una de sus piernas resultó gravemente herida.
Een van sy bene was daardie oggend ernstig beseer.
**Realmente fue un milagro que no se hubiera roto más
piernas.**
Dit was regtig 'n wonderwerk dat hy nie meer bene gebreek
het nie.
Y así arrastró sin vida su pierna herida.
En so het hy sy beseerde been leweloos agter hom gesleep.
Cuando llegó a la puerta se dio cuenta de algo profundo.
Toe hy by die deur kom, het hy iets diepgaandes besef.
Fue el olor de algo lo que lo atrajo hasta allí.
Dit was die reuk van iets wat hom daarheen gelok het.
A Gregor le habían dejado algo comestible en su habitación.
Iets eetbaars is vir Gregor in sy kamer gelaat.
Trozos de pan blanco flotando en un cuenco de leche dulce.
Stukkies witbrood dryf in 'n bak soet melk.
Apenas podía contener la alegría que había dentro de él.
Hy kon skaars die vreugde wat binne hom was, bedwing.
Ahora tenía incluso más hambre que por la mañana.
Hy was nou selfs hongerder as in die oggend.
Inmediatamente sumergió su cabeza en el cuenco de leche.
Hy het dadelik sy kop in die bak melk gesteek.
La leche le salía casi por toda la cabeza, hasta los ojos.
Die melk het amper deur sy hele kop uitgekom, tot by sy oë.
**Pero pronto echó la cabeza hacia atrás, amargamente
decepcionado.**
Maar hy het gou sy kop agteroor getrek, bitter teleurgesteld.

Comer era difícil debido a su delicado lado izquierdo.

Eet was moeilik as gevolg van sy delikate linkerkant.

Y sólo podía comer jadeando con todo su cuerpo.

En hy kon net eet deur met sy hele liggaam te hyg.

Pero esa no fue la verdadera razón de su decepción.

Maar dit was nie die ware rede vir sy teleurstelling nie.

La leche siempre había sido uno de sus platos favoritos.

Melk was nog altyd een van sy gunstelinggeregte.

No tenía ninguna duda de que su hermana recordaba esto.

Hy het geen twyfel gehad dat sy suster dit onthou het nie.

Y esa fue la razón por la que le había dado leche.

En dit was die rede waarom sy hom melk gegee het.

No podía explicar por qué ahora no le gustaba la leche.

Hy kon nie verduidelik hoekom hy nou nie van melk hou nie.

Y se apartó del cuenco casi con reticencia.

En hy het amper met teësinnigheid van die bak af weggedraai.

Decepcionado, se arrastró de nuevo hasta el centro de la habitación.

Teleurgesteld kruip hy terug na die middel van die kamer.

Desde allí pudo ver a través de la rendija de la puerta.

Hier kon hy deur die kraak in die deur sien.

Pudo ver que el fuego en la sala de estar estaba encendido.

Hy kon sien dat die vuur in die sitkamer aangesteek was.

Generalmente a esta hora el padre leía el periódico.

Gewoonlik lees die pa in hierdie tyd die koerant.

Él siempre solía leerle a la madre en voz alta.

Hy het altyd met verhewe stem vir die ma voorgelees.

A veces la hermana también escuchaba al padre.

Soms het die suster ook na die pa geluister.

Ella siempre le había contado a Gregor sobre esta lectura en voz alta.

Sy het Gregor altyd van hierdie voorlesing vertel.

Pero hoy no se oía ningún sonido en la habitación.

Maar vandag was daar geen geluid uit die kamer nie.

Quizás este hábito ya había caído en desuso.

Miskien het hierdie gewoonte reeds uit die praktyk gegaan.

Un profundo silencio se había apoderado de todo el apartamento.

'n Diep stilte het oor die hele woonstel neergesak.

Aunque sabía que el apartamento ciertamente no estaba vacío.

Alhoewel hy geweet het die woonstel was beslis nie leeg nie.

«¡Qué vida tan tranquila lleva la familia!», pensó Gregor.

"Wat 'n stil lewe lei die gesin tog," het Gregor gedink.

Y miró hacia la oscuridad con gran orgullo.

En hy het met groot trots in die donkerte gestaar.

Estaba orgulloso de la vida que había podido darles.

Hy was trots op die lewe wat hy hulle kon gee.

Estaba orgulloso del hermoso apartamento en el que vivían.

Hy was trots op die pragtige woonstel waarin hulle gewoon het.

¿Pero toda esta paz estaba a punto de tener un final terrible?

Maar sou al hierdie vrede tot 'n verskriklike einde kom?

¿Les iban a quitar su prosperidad?

Sou hulle voorspoed van hulle weggeneem word?

¿Su satisfacción ahora era incierta en el futuro?

Was hulle tevredenheid nou onseker in die toekoms?

Pero él no quería perderse en tales pensamientos.

Maar hy wou homself nie in sulke gedagtes verloor nie.

Para mantenerse ocupado se arrastraba arriba y abajo por las paredes.

Om homself besig te hou, het hy teen die mure op en af gekruip.

Durante la larga velada una puerta estaba entreabierta.

Gedurende die lang aand is een deur effens oopgemaak.

Y en otro momento la otra puerta se abrió un poquito.

En op 'n ander tyd het die ander deur 'n bietjie oopgegaan.

Pero en ambas ocasiones las puertas se cerraron rápidamente de nuevo.

Maar albei kere is die deure vinnig weer toegemaak.

Estaba claro que alguien de fuera tenía el deseo de entrar.

Dit was duidelik dat iemand van buite die begeerte gehad het om in te kom.

Pero también tenían demasiadas preocupaciones acerca de venir.

Maar hulle het ook te veel bekommernisse gehad oor die inkom.

Gregor ahora se detuvo directamente en la puerta de la sala de estar.

Gregor het nou direk by die sitkamerdeur stilgehou.

Estaba decidido a tentar de algún modo al indeciso visitante.

Hy was vasbeslote om die huiwerige besoeker op die een of ander manier te versoek.

Y también quería saber quién había sido el visitante.

En hy wou ook weet wie die besoeker was.

Pero aquella noche la puerta no se abrió una tercera vez.

Maar daardie aand is die deur nie 'n derde keer oopgemaak nie.

Y Gregorio esperaba en vano junto a la puerta.

En Gregor het tevergeefs sy tyd by die deur deurgebring om te wag.

Más temprano ese día todos querían entrar a la habitación.

Vroeër daardie dag wou hulle almal die kamer binnekom.

Ahora que las puertas estaban desbloqueadas sería más fácil para ellos.

Noudat die deure oopgesluit was, sou dit makliker vir hulle wees.

Pero ellos prefirieron quedarse al otro lado de la habitación.

Maar hulle het gekies om aan die ander kant van die kamer te bly.

Gregor se dio cuenta de que las llaves ya no estaban en sus cerraduras.

Gregor het opgemerk dat die sleutels nie meer in hul slotte was nie.

Alguien debe haber movido las llaves a la cerradura exterior.

Iemand moes die sleutels na die buiteslot geskuif het.

Sólo tarde por la noche se apagó la luz de la sala de estar.

Eers laat in die nag is die sitkamerlig afgeskakel.

La familia debe haber permanecido despierta todo el tiempo.

Die gesin moes die hele tyd wakker gebly het.

Y Gregor podía oírlos claramente alejándose de puntillas.
En Gregor kon hulle duidelik hoor wegstap.
Ahora nadie vendría a ver a Gregor hasta la mañana.
Nou sou niemand tot die oggend na Gregor kom nie.
Así que tuvo mucho tiempo para sí mismo, para pensar sin interrupciones.
So het hy 'n lang tyd vir homself gehad, om ongestoord te dink.
¿Cuál sería la mejor manera de reorganizar su vida ahora?
Wat sou die beste manier wees om sy lewe nou te herorganiseer?
Pero las altas paredes de la habitación vacía lo asustaban.
Maar die hoë mure van die leë kamer het hom bang gemaak.
No le quedó más remedio que tumbarse en el suelo.
Hy het geen ander keuse gehad as om homself plat op die grond te lê nie.
Y nunca encontró la causa de su miedo en ese espacio.
En hy het nooit die oorsaak van sy vrees in daardie ruimte gevind nie.
Era la misma habitación en la que había vivido durante cinco años.
Dit was dieselfde kamer waarin hy vyf jaar lank gewoon het.
Medio inconscientemente hizo un movimiento hacia el sofá.
Halfbewustelik het hy 'n beweging na die bank gemaak.
Y sin ninguna vergüenza se escondió debajo del sofá.
En sonder enige skaamte het hy homself onder die bank weggekruip.
Allí abajo se sintió inmediatamente de nuevo muy a gusto.
Daar onder het hy dadelik weer baie gemaklik gevoel.
A pesar de que tenía la espalda un poco presionada.
Ten spyte van die feit dat sy rug effens gedruk was.
Ya no podía levantar la cabeza debajo del sofá.
Hy kon ook nie meer sy kop onder die bank oplig nie.
Pero incluso esto lo prefería a estar en cualquier espacio abierto.
Maar selfs dit het hy verkies om in enige oop area te wees.
Sin embargo, lamentó que su cuerpo fuera tan ancho.

Hy het egter spyt gehad dat sy lyf so wyd was.

El sofá no podía cubrir completamente todo su cuerpo.

Die bank kon nie sy hele liggaam heeltemal bedek nie.

Se quedó debajo del sofá toda la noche.

Hy het die hele nag onder die bank gebly.

La noche la pasó medio dormido, perturbado por el hambre.

Die nag het hy half aan die slaap deurgebring, versteur deur sy honger.

Y el tiempo que estaba despierto lo pasaba preocupado o esperanzado.

En die tyd wat hy wakker was, het hy óf bekommerd óf hoopvol deurgebring.

Pero todas sus vagas esperanzas llevaron a la misma conclusión.

Maar al sy vae hoop het tot dieselfde gevolgtrekking gelei.

No tuvo más remedio que permanecer en silencio por el momento.

Hy het geen ander keuse gehad as om vir eers stil te bly nie.

Tuvo que mostrar paciencia y consideración hacia la familia.

Hy moes geduld en bedagsaamheid teenoor die familie toon.

Era la única manera de hacer soportable el inconveniente.

Dit was die enigste manier om die ongerief draaglik te maak.

Los inconvenientes que ahora estaba causando a la familia.

Die ongerief wat hy nou op die familie afgedwing het.

No tuvo que esperar mucho para demostrar su compasión.

Hy hoef nie lank te wag om sy medelye te bewys nie.

Temprano por la mañana la hermana miró dentro de su habitación.

Vroegoggend het die suster in sy kamer gekyk.

Aunque en realidad era tan de noche como de mañana.

Alhoewel dit eintlik net soveel nag as oggend was.

Ella estaba completamente vestida y parecía mostrar entusiasmo.

Sy was volledig aangetrek en het gelyk of sy opgewonde was.

La fuerza de su nueva decisión podría ser puesta a prueba.

Die krag van sy nuutgeneemde besluit kon getoets word.

Ella no lo encontró inmediatamente con su primera mirada.

Sy het hom nie dadelik met haar eerste oogopslag gevind nie.

Tenía que estar en algún lugar, no podía haber volado.

Hy moes êrens wees; hy kon nie weggevlieg het nie.

Pero entonces sus ojos hicieron un segundo recorrido por la habitación.

Maar toe het haar oë 'n tweede keer oor die kamer gekyk.

Y esta vez vio su torso debajo del sofá.

En hierdie keer het sy sy torso onder die bank gewaar.

Estaba tan asustada que perdió todo el control de sí misma.

Sy was so bang dat sy alle selfbeheersing verloor het.

Y su primera reacción fue cerrar la puerta de golpe.

En haar eerste reaksie was om die deur weer toe te slaan.

Pero también pareció arrepentirse inmediatamente de su comportamiento.

Maar dit het ook gelyk of sy dadelik spyt was oor haar gedrag.

Tan pronto como cerró la puerta de golpe, la abrió de nuevo.

Sodra sy die deur toegeslaan het, het sy dit weer oopgemaak.

Y esta vez entró de puntillas en la habitación con cuidado.

En hierdie keer het sy saggies op haar tone die kamer binnegestap.

Se movía como si estuviera visitando a una persona gravemente enferma.

Sy het beweeg asof sy 'n ernstig siek persoon besoek het.

O tal vez estaba visitando a un completo desconocido.

Of sy het dalk 'n vreemdeling besoek.

Gregor empujó su cabeza casi hasta el borde del sofá.

Gregor het sy kop amper tot by die rand van die bank gestoot.

Y desde debajo de la caja fuerte la observaba en la habitación.

En van onder die kluis het hy haar in die kamer dopgehou.

¿Se daría cuenta de que había dejado la leche?

Sou sy agterkom dat hy die melk gelos het?

No había dejado la leche por falta de hambre.

Hy het nie die melk gelos nie weens enige gebrek aan honger.

¿En lugar de eso le traería comida diferente?

Sou sy eerder vir hom ander kos bring?

Quizás un plato que se ajustara mejor a sus preferencias.

Miskien 'n gereg wat beter by sy voorkeure gepas het.
Pero ella misma habría tenido que notar su apetito.
Maar sy sou self sy eetlus moes raaksien.
Preferiría morir de hambre antes que hacerle saber eso.
Hy sou liewer uitgehonger het as om haar daarvan bewus te maak.
En realidad le habría gustado mucho decírselo.
Eintlik sou hy dit baie graag vir haar wou sê.
Estuvo realmente tentado de disparar desde debajo del sofá.
Hy was regtig in die versoeking om onder die bank uit te skiet.
Quería arrojarse a los pies de su hermana.
Hy wou homself aan sy suster se voete neergooi.
Y quiso pedirle algo bueno para comer.
En hy wou haar vra vir iets lekkers om te eet.
Pero entonces la hermana miró hacia el cuenco de leche.
Maar toe kyk die suster na die bak melk.
Inmediatamente se dio cuenta de que el cuenco todavía estaba lleno.
Sy het dadelik opgemerk dat die bak steeds vol was.
Le sorprendió bastante que Gregor no hubiera comido nada.
Sy was nogal verbaas dat Gregor niks geëet het nie.
Sólo se había derramado un poco de leche en el suelo.
Net 'n bietjie melk was op die vloer gemors.
Inmediatamente cogió el cuenco y lo sacó.
Sy het dadelik die bak opgetel en dit uitgedra.
Él vio que ella no recogió el cuenco con sus propias manos.
Hy het gesien sy het nie die bak met haar kaal hande opgetel nie.
En lugar de eso, recogió el cuenco con uno de los trapos.
In plaas daarvan het sy die bak met een van die lappe opgetel.
Pero Gregor se olvidó muy rápidamente de este pequeño detalle.
Maar Gregor het baie vinnig van hierdie klein detailtjie vergeet.
Ahora estaba mucho más entusiasmado por otra cosa.
Hy was nou baie meer opgewonde oor iets anders.

¿Qué podría traer como reemplazo de la leche?

Wat kan sy as plaasvervanger vir die melk bring?

Tenía varios pensamientos sobre lo que ella podría traer.

Hy het verskillende gedagtes gehad oor wat sy sou kon bring.

Pero la bondad de su hermana superó sus expectativas.

Maar sy suster se vriendelikheid het sy verwagtinge oortref.

Se dio cuenta de que tenía que probar cuáles eran sus nuevos gustos.

Sy het besef sy moes toets wat sy nuwe smaak was.

Así que trajo toda una selección de alimentos diferentes.

So sy het 'n hele verskeidenheid verskillende kosse gebring.

Verduras medio podridas, huesos de la cena.

Halfvrot groente, bene van die aandete.

Salsa solidificada de la otra comida que habían comido.

Gestolde sous van die ander maaltyd wat hulle geëet het.

Unas pasas, unas almendras, pan seco, pan con mantequilla.

'n Paar rosyne, 'n paar amandels, droë brood, botterbrood.

Un poco de pan untado con mantequilla y también con sal.

Brood wat met botter en ook met sout gesmeer was.

Queso que Gregor había declarado incomestible hacía dos días.

Kaas wat Gregor twee dae gelede oneetbaar verklaar het.

Toda esta selección de comida fue colocada en un periódico.

Al hierdie keuse van kos is op 'n koerant geplaas.

Y también colocó un recipiente con agua al lado de sus comidas.

En sy het ook 'n bak water langs sy etes neergesit.

Ella sabía que Gregor no habría comido delante de ella.

Sy het geweet Gregor sou nie voor haar geëet het nie.

Entonces, por respeto hacia él, salió nuevamente de la habitación.

So uit respek vir hom het sy weer die kamer verlaat.

Y hasta giró la llave en la cerradura al salir.

En sy het selfs die sleutel in die slot gedraai toe sy weg is.

Pero ella giró la llave muy silenciosamente y con mucho cuidado.

Maar sy het die sleutel baie stil en versigtig gedraai.

De esta manera sólo Gregor sabría que la puerta estaba cerrada.

Só sou net Gregor weet dat die deur gesluit was.

Ahora podía ponerse tan cómodo como quisiera.

Nou kon hy homself so gemaklik maak as wat hy wou.

Las piernas de Gregor zumbaban cuando llegó la hora de comer.

Gregor se bene het gegons toe dit tyd was om te eet.

Lo que vale la pena destacar es que ya no sentía ninguna molestia.

Dit is opmerklik dat hy geen ongemak meer gevoel het nie.

Sus heridas deben haber sanado ya por completo.

Sy wonde moes reeds heeltemal genees het.

Porque ya no sentía sus discapacidades anteriores.

Omdat hy nie meer sy vorige gestremdhede gevoel het nie.

Su nueva capacidad de curar lo sorprendió y lo asombró.

Sy nuwe vermoë om te genees het hom verras en verstom.

Hace más de un mes se cortó el dedo con un cuchillo.

Meer as 'n maand gelede het hy sy vinger met 'n mes gesny.

Hasta hace dos días esa herida todavía le dolía.

Tot twee dae gelede het daardie wond hom steeds seergemaak.

"¿Soy mucho menos sensible ahora?" pensó para sí mismo.

"Is ek nou baie minder sensitief?" het hy by homself gedink.

Para entonces ya estaba chupando con avidez el queso.

Teen hierdie tyd het hy reeds gulsig aan die kaas gesuig.

Se sintió atraído por el queso más que por el resto de la comida.

Hy was meer tot die kaas aangetrokke as die ander kos.

Comió rápidamente un trozo de queso tras otro.

Hy het vinnig die een stukkie kaas na die ander geëet.

Sus ojos se llenaron de lágrimas de satisfacción al probarlo.

Sy oë het getraan van tevredenheid met die smaak daarvan.

Después del queso comió las verduras y la salsa.

Na die kaas het hy die groente en die sous geëet.

Sin embargo, la comida fresca no le sabía bien.

Die vars kos het egter nie vir hom lekker gesmaak nie.

De hecho, ni siquiera podía soportar el olor de la comida fresca.

Trouens, hy kon nie eens die reuk van vars kos verdra nie.

Incluso arrastró el resto de la comida lejos de la comida fresca.

Hy het selfs die ander kos van die vars kos weggesleep.

Y muy rápidamente terminó la comida más comestible.

En baie vinnig het hy die mees eetbare kos klaargemaak.

Toda aquella deliciosa comida tuvo sobre él un efecto soporífero.

Al die heerlike kos het 'n slaapverwekkende uitwerking op hom gehad.

Y él permaneció acostado perezosamente en el lugar donde había comido.

En hy het lui gelê op die plek waar hy geëet het.

Finalmente su hermana regresó para ver cómo estaba nuevamente.

Uiteindelik het sy suster teruggekom om hom weer te kom besoek.

Tuvo la previsión de girar la llave muy lentamente.

Sy het die vooruitsig gehad om die sleutel baie stadig te draai.

Esto le dio a Gregor una advertencia de que debía retirarse.

Dit het Gregor 'n waarskuwing gegee dat hy moes onttrek.

Aturdido y sobresaltado, se apresuró a volver debajo del sofá.

Verstom en verskrik het hy haastig terug onder die bank ingeklim.

Pero quedarse debajo del sofá no fue tan fácil esta vez.

Maar om onder die bank te bly was hierdie keer nie so maklik nie.

Su cuerpo se había vuelto un poco redondeado por tanta comida.

Sy lyf het effens rond geword van al die kos.

Y tuvo que controlarse para no quedarse sin nada otra vez.

En hy moes homself beheer om nie weer uit te hardloop nie.

Aunque la hermana no permaneció mucho tiempo en la habitación.

Al het die suster nie lank in die kamer gebly nie.

Le costaba respirar en ese estrecho espacio.

Hy het gesukkel om asem te haal onder daardie nou ruimte.

Pero él siguió adelante a pesar de los pequeños ataques de asfixia.

Maar hy het deur die klein verstikkingsbuie gedruk.

Con ojos desorbitados observaba las actividades de la hermana.

Met uitpeuloë het hy die suster se aktiwiteite dopgehou.

La hermana desprevenida vertió todo en un balde.

Die niksvermoedende suster het alles in 'n emmer gegooi.

Ella no sólo se deshizo de la comida que Gregor no había comido.

Sy het nie net die kos wat Gregor nie geëet het nie, weggegooi nie.

Pero también se deshizo de la comida que él no había tocado.

Maar sy het ook weggegooi as die kos wat hy nie aangeraak het nie.

Al parecer esa comida ya no era comestible para nadie.

Blykbaar was daardie kos nou nie meer vir enigiemand eetbaar nie.

Luego cerró el cubo de comida con una tapa de madera.

Sy het toe die kosemmer met 'n houtdeksel toegemaak.

Y con la comida, el balde y el trapeador, se fue.

En met die kos, die emmer en die mop, is sy weg.

Gregor no habría podido esperar mucho más tiempo.

Gregor sou nie veel langer kon wag nie.

Tan pronto como ella se fue, él se escapó de debajo del sofá.

Sodra sy weg was, het hy onder die bank uitgevlug.

Y se estiró y resopló aliviado.

En hy het homself uitgestrek en van verligting gesug.

Así recibía Gregorio comida de vez en cuando.

Só het Gregor van nou af kos ontvang.

Su hermana le dio de comer una vez temprano en la mañana.

Sy suster het hom eenkeer vroeg in die oggend kos gegee.

A esta hora los padres y la criada todavía dormían.

Op hierdie uur het die ouers en die bediende nog geslaap.

Y recibió una segunda comida después de que todos almorzaron.

En hy het 'n tweede maaltyd ontvang nadat almal middagete geëet het.

Porque en ese momento los padres también durmieron un rato.

Want destyds het die ouers ook 'n rukkie geslaap.

Y la doncella fue enviada por su hermana a hacer algún recado.

En die diensmeisie is deur die suster vir een of ander sending weggestuur.

Ciertamente no tenían intención de dejar morir de hambre a Gregor.

Hulle het beslis geen voorneme gehad om Gregor uit te honger nie.

Pero tampoco hubieran querido verlo comer.

Maar hulle sou ook nie wou sien hoe hy eet nie.

Lo que mencionó la hermana fue suficiente información.

Wat die suster genoem het, was genoeg inligting.

Quizás era su manera de ahorrarles dolor a los padres.

Miskien was dit haar manier om die ouers die hartseer te spaar.

Ya habían sufrido bastante por sus acciones.

Hulle het reeds genoeg onder sy dade gely.

El primer día se iba convirtiendo poco a poco en un recuerdo lejano.

Die eerste dag het stadig maar seker 'n vae herinnering geword.

Gregor no tenía forma de saber lo que pasó ese día.

Gregor het geen manier gehad om te weet wat daardie dag gebeur het nie.

¿Cómo fue guiado el cerrajero fuera del apartamento?

Hoe is die slotmaker uit die woonstel gelei?

¿Con qué excusas quedó finalmente satisfecho el médico?

Met watter verskonings was die dokter uiteindelik tevrede?

No había encontrado ningún modo de hacerse entender.
Hy het geen manier gevind om homself verstaanbaar te maak nie.
Ni siquiera logró comunicarse con su hermana.
Hy het nie eens daarin geslaag om met sy suster te kommunikeer nie.
Y entonces pensaron que no podía entenderlos.
En so het hulle gedink dat hy hulle nie kon verstaan nie.
Y por eso no se hizo ningún esfuerzo para hablar con él.
En daarom is geen poging aangewend om met hom te praat nie.
Su hermana entraba en su habitación todas las mañanas y a la hora del almuerzo.
Sy suster het elke oggend en middagete in sy kamer gekom.
Pero él tuvo que contentarse con escuchar sus suspiros.
Maar hy moes homself tevrede stel met die aanhoor van haar sugte.
Más tarde se acostumbró un poco más a la forma de Gregor.
Later het sy wel 'n bietjie meer gewoond geraak aan Gregor se vorm.
Y se sintió un poco más libre para hacer más comentarios.
En sy het 'n bietjie meer vryheid gevoel om meer opmerkings te maak.
(Aunque nunca se acostumbraría del todo a él.)
(Alhoewel sy nooit heeltemal aan hom gewoond sou raak nie.)
Y entonces Gregor se sintió nuevamente hablado un poco más.
En toe voel Gregor weer 'n bietjie meer aangespreek.
Y captó lo que percibió como comentarios amistosos.
En hy het opgevang wat hy as vriendelike opmerkings beskou het.
"Disfrutó su comida hoy" o "comió todo".
"Hy het vandag sy kos geniet," of "hy het alles geëet."
Pero eso fue sólo cuando hubo comido toda su comida.
Maar dit was eers toe hy al sy kos geëet het.
Pero últimamente esto se está volviendo cada vez menos frecuente.

Maar onlangs het dit al hoe meer ongereeld geword.

"Apenas tocaba la comida", decía ella con más frecuencia ahora.

"Hy het skaars aan sy kos geraak," het sy nou meer gereeld gesê.

Y había un toque de tristeza en su voz cada vez.

En daar was elke keer 'n tikkie hartseer in haar stem.

Gregor no pudo escuchar ninguna otra noticia más directamente.

Gregor kon geen ander nuus meer direk hoor nie.

Pero escuchó muchas noticias de las habitaciones contiguas.

Maar hy het baie nuus uit die aangrensende kamers gehoor.

Al oír voces corrió hacia la puerta correspondiente.

Toe hy stemme hoor, hardloop hy na die ooreenstemmende deur.

Y apretó todo su cuerpo contra la puerta para escuchar.

En hy het sy hele liggaam teen die deur gedruk om te hoor.

Todas las conversaciones le concernían de una manera u otra.

Alle gesprekke het hom op die een of ander manier geraak.

Incluso cuando el tema parecía ser sobre otra cosa.

Selfs toe die onderwerp oor iets anders gelyk het.

Esta observación fue especialmente cierta en los primeros tiempos.

Hierdie waarneming was veral waar in die vroeë dae.

Durante cada comida repetían la misma discusión.

Tydens elke ete het hulle dieselfde bespreking herhaal.

Todavía no estaban seguros de cómo comportarse a su alrededor.

Hulle was steeds onseker oor hoe om hulle rondom hom te gedra.

Pero el mismo tema también se discutió entre comidas.

Maar dieselfde onderwerp is ook tussen maaltye bespreek.

Porque siempre había dos miembros de la familia en casa.

Omdat daar altyd twee familielede by die huis was.

Nadie quería quedarse solo en la casa.

Niemand wou alleen in die huis bly nie.

Pero dejar el piso vacío tampoco era una opción.
Maar om die woonstel leeg te laat, was ook buite die kwessie.
La criada era la única que no estaba atada al apartamento.
Die bediende was die enigste wat nie aan die woonstel
gebonde was nie.
Ella ya había pedido irse el primer día.
Sy het reeds op die heel eerste dag gevra om te vertrek.
Ella se puso de rodillas y pidió que la despidieran.
Sy het op haar knieë geval en gesmeek om ontslaan te word.
La familia no sabía cuánto sabía realmente la criada.
Die familie het nie geweet hoeveel die bediende eintlik geweet
het nie.
En ese momento ella no había visto más que nadie.
Op daardie stadium het sy nie meer as enigiemand anders
gesien nie.
Lo sucedido todavía era un misterio para la familia.
Wat gebeur het, was steeds 'n raaisel vir die familie.
Pero un cuarto de hora después se despidió.
Maar 'n kwartier later het sy afskeid geneem.
Y agradeció a la familia con lágrimas en los ojos.
En sy het die familie met trane in haar oë bedank.
Pero en realidad les agradeció por haberla liberado.
Maar eintlik het sy hulle bedank dat hulle haar vrygelaat het.
Parecían haberle mostrado la mayor bondad.
Dit lyk asof hulle haar die grootste vriendelikheid betoon het.
Incluso hizo un juramento sin que se lo pidieran.
Sy het selfs 'n eed afgelê, sonder dat sy gevra is om dit te doen.
Dijo que no le contaría a nadie lo que había sucedido.
Sy het gesê sy sal niemand vertel wat gebeur het nie.
Ahora la hermana tenía que cocinar junto con su madre.
Nou moes die suster saam met haar ma kook.
Pero esto realmente no era un gran inconveniente.
Maar dit was nie regtig te veel van 'n ongerief nie.
Porque de todas formas los dos no comían casi nada.
Want die twee van hulle het in elk geval amper niks geëet nie.
Gregor escuchó una y otra vez la misma conversación.
Keer op keer het Gregor dieselfde gesprek gehoor.

Una persona le decía a otra que tenía que comer más.
Een persoon het vir die ander gesê hulle moet meer eet.
Pero esa persona no recibió ninguna respuesta de la persona.
Maar daardie persoon het geen antwoord van die persoon
ontvang nie.
"Gracias, tengo suficiente", o algo similar.
"Dankie, ek het genoeg", of iets soortgelyks.
Quizás ya no bebían nada tampoco.
Miskien het hulle ook niks meer gedrink nie.
**La hermana a menudo le preguntaba a su padre si quería
cerveza.**
Die suster het dikwels vir haar pa gevra of hy bier wou hê.
**Y ella misma se ofreció calurosamente a ir a buscar la
cerveza.**
En sy het hartlik aangebied om self die bier te gaan haal.
El padre siempre permanecía en silencio ante su petición.
Die pa het altyd stilgebly op haar versoek.
**Así que la hermana tuvo que encontrar una manera de
eliminar cualquier duda.**
So moes die suster 'n manier vind om enige twyfel uit die weg
te ruim.
Y ella dijo que enviaría a la criada a buscar algo de cerveza.
En sy het gesê sy sal die bediende stuur om bier te gaan haal.
**Pero entonces el padre finalmente dijo un gran y rotundo
"no".**
Maar toe sê die pa uiteindelik 'n groot, klinkende "nee".
**Luego ya no se volvió a mencionar el tema de tomar una
cerveza.**
Toe is die onderwerp van sy bierdrink nie meer genoem nie.
Ya había explicado anteriormente la situación financiera.
Hy het reeds voorheen die finansiële situasie verduidelik.
De hecho, mencionó las finanzas el primer día.
Trouens, hy het finansies op die heel eerste dag genoem.
Les hizo saber perfectamente cuáles eran las perspectivas.
Hy het hulle deeglik bewus gemaak van wat die vooruitsigte
was.

Su propio negocio se había derrumbado hacía unos cinco años.

Sy eie besigheid het sowat vyf jaar gelede in duie gestort.

De vez en cuando se levantaba para abandonar la mesa.

Elke nou en dan het hy opgestaan om die tafel te verlaat.

Y se dirigió a la caja registradora de su antiguo negocio.

En hy het na die kasregister van sy ou besigheid gegaan.

Había salvado la caja registradora por sentimentalismo.

Hy het die kasregister uit sentimentaliteit gered.

Gregor lo oyó abrir una cerradura pesada y complicada.

Gregor het hom 'n swaar en ingewikkelde slot hoor oopsluit.

Y sacó recibos y libros de la caja.

En hy het kwitansies en boeke uit die kontantkis gehaal.

Después de tomar los objetos volvió a cerrar la caja fuerte.

Nadat hy die voorwerpe geneem het, het hy die kontantkissie weer gesluit.

Gregor no había tenido buenas noticias desde su encarcelamiento.

Gregor het sedert sy gevangenskap geen goeie nuus gehoor nie.

Pensó que el negocio había llevado a la quiebra a su padre.

Hy het gedink die besigheid het sy pa bankrot gemaak.

El padre seguramente le había dado esa impresión a Gregor.

Die pa het Gregor beslis daardie indruk gegee.

Y Gregor nunca le preguntó más sobre las finanzas.

En Gregor het hom nooit meer oor die finansies gevra nie.

Gregor quería hacer todo lo posible para ayudar a la familia.

Gregor wou alles in sy vermoë doen om die gesin te help.

Quería ayudarlos a olvidar la desgracia empresarial.

Hy wou hulle help om die sake-ongeluk te vergeet.

La quiebra que provocó la desesperanza más completa.

Die bankrotskap wat algehele hopeloosheid teweeggebring het.

Así que empezó a trabajar con una pasión muy especial.

so het hy met 'n baie spesiale passie begin werk.

Se había convertido en un vendedor ambulante casi de la noche a la mañana.

Hy het amper oornag 'n reisende verkoopsman geword.

Antes de eso, sólo había trabajado como empleado con un salario bajo.

Voor dit het hy net as 'n laagbetaalde klerk gewerk.

Ahora tenía oportunidades de ingresos completamente diferentes.

Nou het hy heeltemal ander verdienstegeleenthede gehad.

Las ventas exitosas podrían convertirse inmediatamente en efectivo.

Suksesvolle verkope kon onmiddellik in kontant omgeskakel word.

El dinero en efectivo, por supuesto, se paga con sus comisiones.

Die kontant word natuurlik uit sy kommissies betaal.

Ahora Gregor podía poner dinero en la mesa familiar.

Nou kon Gregor geld op die familietafel sit.

Y estaban asombrados y contentos con sus ganancias.

En hulle was verbaas en bly oor sy verdienste.

Pero esos tiempos hermosos no se repetirán nuevamente.

Maar daardie pragtige tye sal hulself nie weer herhaal nie.

Apenas se habían acostumbrado a esos buenos tiempos.

Hulle het maar net gewoond geraak aan hierdie goeie tye.

Cada día de pago la familia aceptaba el dinero con gratitud.

Elke betaaldag het die familie die geld dankbaar aanvaar.

Y Gregor estaba igualmente feliz de entregar el dinero.

En Gregor was ewe bly om die geld te oorhandig.

Pero el cálido afecto que recibía a cambio fue muriendo lentamente.

Maar die warm toegeneentheid wat in ruil daarvoor gegee is, het stadig gesterf.

Sólo su hermana permaneció tan cerca de Gregor como antes.

Slegs sy suster het so na aan Gregor gebly soos voorheen.

Ella, a diferencia de Gregor, tenía un profundo aprecio por la música.

Sy, anders as Gregor, het 'n diep waardering vir musiek gehad.

Y ella sabía tocar el violín de una manera muy conmovedora.
En sy het geweet hoe om die viool baie roerend te speel.
Gregor planeó en secreto enviarla a la escuela de música.
Gregor het in die geheim beplan om haar na musiekskool te stuur.
Aún no había decidido cómo pagaría los gastos.
Hy het nog nie besluit hoe hy die koste sou betaal nie.
Pero de una forma u otra cubriría los costos.
Maar op die een of ander manier sou hy die koste dek.
De vez en cuando Gregor y su familia hacían pequeños viajes.
Af en toe het Gregor en die gesin op kortuitstappies gegaan.
Gregor y su hermana abordaron este tema con frecuencia.
Gregor en die suster het die onderwerp dikwels geopper.
Pero sólo se mencionó como una idea maravillosa.
Maar dit is net ooit as 'n wonderlike idee genoem.
Realmente no creían que el sueño pudiera realizarse.
Hulle het nie regtig geglo dat die droom verwesenlik kon word nie.
Y a los padres no les gustaban esas ambiciones fantasiosas.
En die ouers het nie van sulke fantasievolle ambisies gehou nie.
Incluso cuando el tema se planteó de manera muy inocente.
Selfs toe die onderwerp baie onskuldig geopper is.
Pero Gregor seguía pensando en la escuela de música.
Maar Gregor het aangehou om aan die musiekskool te dink.
Y tenía pensado anunciar el regalo en Nochebuena.
En hy het beplan om die geskenk op Kersaand aan te kondig.
Por supuesto, en su estado actual sería imposible.
Natuurlik sou dit in sy huidige toestand onmoontlik wees.
Pero ese tipo de pensamientos pasaban por su cabeza.
Maar sulke soort gedagtes het deur sy kop gegaan.
Y tenía estos pensamientos mientras escuchaba a la familia.
En hy het sulke gedagtes gehad terwyl hy na die familie geluister het.
A veces se cansaba demasiado para seguir escuchándolos.
Soms het hy te moeg geword om na hulle te bly luister.

Su cabeza cayó contra la puerta por el cansancio.

Sy kop het van moegheid teen die deur geval.

Pero inmediatamente volvió a apoyar la cabeza contra la puerta.

Maar hy het dadelik weer sy kop teen die deur gesit.

Porque incluso el ruido más leve se podía oír afuera.

Want selfs die geringste geraas kon buite gehoor word.

Y cualquier ruido que hacía hacía que la familia se quedara en silencio.

En enige geraas wat hy gemaak het, sou die gesin stilmaak.

"¿Qué está haciendo ahora?" preguntó el padre a la familia.

"Wat doen hy nou?" het die pa die gesin gevra.

Y fue a la puerta para comprobar qué era aquel ruido.

En hy het na die deur gegaan om te kyk wat die geraas was.

Y luego la conversación interrumpida se reanudó gradualmente.

En toe het die onderbroke gesprek geleidelik hervat.

Pero lo que dijo el padre sorprendió positivamente a todos.

Maar wat die pa gesê het, het almal positief verras.

Gregor ahora conoció la verdadera situación de las finanzas.

Gregor het nou die ware stand van die finansies geleer.

A pesar de todas las desgracias, hubo algo de buena suerte.

Ten spyte van al die teenspoed, was daar darem ook goeie geluk.

Aún quedaba allí una muy pequeña fortuna de los viejos tiempos.

'n Baie klein fortuin uit die ou dae was nog daar.

El padre explicó las cosas, pero tuvo que repetirlas.

Die pa het dinge verduidelik, maar moes homself herhaal.

Porque hacía tiempo que no se ocupaba de estas cosas.

Omdat hy al 'n rukkie nie met hierdie dinge te doen gehad het nie.

Y porque la madre no entendía tales cosas.

En omdat die moeder sulke dinge nie verstaan het nie.

Los tipos de interés del banco habían subido un poco.

Die rentekoerse van die bank het effens gestyg.

El dinero intacto había aumentado más de lo esperado.

Die onaangeraakte geld het meer as verwag toegeneem.

Además Gregor siempre les había dado sus ahorros.

Daarbenewens het Gregor altyd sy spaargeld vir hulle gegee.

Sólo había conservado unos pocos florines para sí.

Hy het altyd net 'n paar gulden vir homself gehou.

Y su dinero aún no se había agotado por completo.

En sy geld was ook nie heeltemal opgebruik nie.

En conjunto, este dinero se había acumulado hasta formar un pequeño capital.

Saam het hierdie geld tot 'n klein kapitaal opgehoop.

Gregor, detrás de su puerta, asintió con entusiasmo ante la noticia.

Gregor, agter sy deur, het gretig geknik vir die nuus.

Le agradó esta inesperada cautela y frugalidad.

Hy was tevrede met hierdie onverwagte versigtigheid en spaarsamigheid.

Los fondos sobrantes podrían haberse utilizado para pagar la deuda.

Die oortollige fondse kon gebruik gewees het om die skuld te betaal.

Entonces ya no le deberían nada al patrón.

Dan sou hulle die baas niks meer geskuld het nie.

Y Gregor podría haber cambiado de trabajo mucho antes.

En Gregor kon baie vroeër na 'n nuwe werk verskuif het.

Pero ahora la manera como el padre lo dispuso estaba mucho mejor.

Maar hoe die pa dit gereël het, was nou baie beter.

El dinero no era suficiente para vivir de los intereses.

Die geld was nie heeltemal genoeg om van die rente te leef nie.

Y había que reservar algo de dinero para emergencias.

En 'n bietjie geld moes opsy gesit word vir noodgevalle.

Sólo habría sido suficiente dinero para uno o dos años.

Dit sou net genoeg geld vir 'n jaar of twee gewees het.

Esto significaba que alguien tenía que ganar dinero para que pudieran vivir.

Dit het beteken dat iemand geld moes verdien sodat hulle kon
aan die lewe kon bly.

El padre no estaba enfermo y era bastante fuerte.

Die pa was nie ongesond nie, en hy was sterk genoeg.

Pero llevaba más de cinco años sin trabajo.

Maar hy was al meer as vyf jaar sonder werk.

Y, debido a su edad, le quedaba poca confianza en sí mismo.

En, as gevolg van sy ouderdom, het hy min selfvertroue
oorgehad.

También había engordado mucho en los últimos tiempos.

Hy het ook die afgelope tyd baie gewig aangesit.

Su vida siempre había sido ardua y sin éxito.

Sy lewe was nog altyd moeilik en onsuksesvol.

**Y éstas habían sido las primeras vacaciones que había
tenido.**

En dit was die eerste vakansie wat hy ooit gehad het.

Y sin estar ocupado se había vuelto bastante torpe.

En sonder om besig gehou te word, het hy nogal lomp
geword.

¿Sería mejor si la anciana madre ganara el dinero?

Sou dit beter wees as die ou moeder die geld verdien het?

La anciana madre que sufría de asma.

Die ou moeder wat aan asma gely het.

La anciana madre que luchaba por subir las escaleras.

Die ou moeder wat gesukkel het om die trappe op te loop.

La anciana madre que pasaba el tiempo tumbada en el sofá.

Die ou moeder wat haar tyd op die bank deurgebring het.

La anciana madre que prefería quedarse junto a la ventana.

Die ou moeder wat verkies het om by die venster te bly.

Para poder recuperar el aliento cuando lo necesitara.

Sodat sy haar asem kon skep wanneer sy dit nodig gehad het.

¿Sería mejor si la hermana joven ganara el dinero?

Sou dit beter wees as die jonger suster die geld verdien het?

**La hermana, que a sus diecisiete años era todavía apenas una
niña.**

Die suster, wat op sewentien nog maar net 'n kind was.

La hermana que sólo tuvo unos pocos placeres modestos.

Die suster wat slegs 'n paar beskeie plesiere gehad het.
La hermana a quien le gustaba principalmente tocar el violín.
Die suster wat hoofsaaklik daarvan gehou het om viool te speel.
Ella sabía que su anterior forma de vida era muy envidiable;
Sy het geweet dat haar vorige lewenswyse baie benydenswaardig was;
Vestirse bien, levantarse tarde, ayudar en la casa.
Netjies aantrek, laat wakker word, in die huis help.
La conversación a menudo giraba en torno a la necesidad de ganar dinero.
Die gesprek het dikwels gegaan oor die behoefte om geld te verdien.
Gregor siempre era el primero en soltar la puerta.
Gregor was altyd die eerste om die deur los te laat.
La conversación lo puso caliente de vergüenza y dolor.
Die gesprek het hom warm gemaak van skaamte en hartseer.
Entonces se dejó caer en el refrescante sofá de cuero.
So het hy homself op die verkoelende leerbank gegooi.
Y a menudo pasaba el resto de la noche en el sofá.
En hy het dikwels die res van die nag op die bank deurgebring.
Nunca durmió realmente en el sofá, ni tampoco por la noche.
Hy het nooit regtig op die bank geslaap nie, en ook nie in die nag nie.
A menudo, simplemente se quedaba rascando el cuero durante horas y horas.
Dikwels het hy net ure aaneen aan die leer gekrap.
Otras veces empujaba el sillón hacia la ventana.
Ander kere het hy die leunstoel na die venster gestoot.
Esto solo requirió un gran esfuerzo de su parte.
Dit alleen het baie moeite van sy kant vereis.
El sillón le ayudó a subirse al alféizar de la ventana.
Die leunstoel het hom gehelp om op die vensterbank te kruip.
Y desde allí pudo apoyarse en la ventana.
En van daar af kon hy teen die venster leun.

Solía sentir una gran sensación de libertad al hacer esto.
Hy het 'n groot gevoel van vryheid ervaar deur dit te doen.
Quizás estaba buscando algún viejo sentimiento liberador.
Miskien het hy na een of ander ou bevrydende gevoel gesoek.
Pero su visión no era tan nítida como solía ser.
Maar sy visie was nie so skerp soos dit vroeër was nie.
Las cosas a cierta distancia se veían borrosas e indistintas.
Dinge op 'n effense afstand was vaag en onduidelik.
Ya no podía ver el hospital al otro lado de la calle.
Hy kon nie meer die hospitaal oorkant die pad sien nie.
Antes había maldecido la vista, ahora quería verla.
Voorheen het hy die uitsig vervloek, nou wou hy dit sien.
Sabía que vivía en la tranquila y urbana Charlottenstrasse.
Hy het geweet hy woon in die stil, stedelike Charlottenstrasse.
Pero podría haber pensado que estaba mirando el desierto.
Maar hy het dalk gedink hy kyk na die woestyn.
Un páramo donde el cielo gris y la tierra gris se fusionaban.
'n Woesteny waar die grys lug en die grys aarde saamgesmelt
het.
**La atenta hermana notó dos veces que la silla se había
movido.**
Twee keer het die aandagtige suster opgemerk dat die stoel
geskuif het.
Después de ordenar, empujó la silla hacia la ventana.
Nadat sy opgeruim het, het sy die stoel terug na die venster
gestoot.
Y a partir de ahora incluso dejó la ventana abierta.
En van nou af het sy selfs die vensterraam oopgelaat.
**Gregor realmente hubiera deseado poder hablar con su
hermana.**
Gregor het werklik gewens hy kon met sy suster praat.
Quería agradecerle por todo lo que hizo por él.
Hy wou haar bedank vir alles wat sy vir hom gedoen het.
Entonces habría tolerado más fácilmente sus servicios.
Dan sou hy hul dienste makliker verdra het.
Pero tal como estaban las cosas, él sufrió por su ayuda.
Maar soos dinge was, het hy gely onder haar hulp.

La hermana, por supuesto, intentó disimular la vergüenza.

Die suster het natuurlik probeer om die verleentheid te vervaag.

Y ella hizo todo lo posible para fingir que no se sentía agobiada.

En sy het haar bes gedoen om voor te gee dat sy nie belas voel nie.

Por supuesto, esto es algo que tenía que practicar primero.

Natuurlik is dit iets wat sy eers moes oefen.

Y cuanto más tiempo pasaba, mejor lo hacía.

En hoe meer tyd verbygegaan het, hoe beter het sy daarmee geword.

Pero a Gregor también se le dio más tiempo para ver su pretensión.

Maar Gregor is ook meer tyd gegee om haar voorwendsel te sien.

Incluso su entrada a su habitación fue una prueba para él.

Selfs haar toetrede tot sy kamer was 'n beproewing vir hom.

Tan pronto como entró, corrió directamente a la ventana.

Sodra sy binnegekom het, het sy reguit na die venster gehardloop.

Ni siquiera se tomó el tiempo de cerrar la puerta.

Sy het nie eers die tyd geneem om die deur toe te maak nie.

Normalmente ella evitaba que todos vieran la habitación de Gregor.

Gewoonlik het sy almal die aanblik van Gregor se kamer gespaar.

Y abrió la ventana de golpe con manos apresuradas.

En sy het die venster met haastige hande oopgeruk.

Luego volvió a respirar como si se estuviera asfixiando.

Toe haal sy weer asem asof sy besig was om te versmoor.

El aire que entraba era frío y ella respiraba profundamente.

Die lug wat ingekom het was koud, en sy het diep asemgehaal.

Pero aún así se quedó junto a la ventana por un rato.

Maar nietemin het sy 'n rukkie by die venster gebly.

Con esta rutina asustaba a Gregor dos veces al día.

Sy het Gregor twee keer per dag met hierdie roetine bang gemaak.

Mientras ella estaba en la habitación él temblaba debajo del sofá.

Terwyl sy in die kamer was, het hy onder die bank gebewe.

Él sabía que a ella le habría gustado ahorrarle esa terrible experiencia.

Hy het geweet sy sou hom graag die beproewing wou spaar.

Pero ella no podía estar en la habitación con la ventana cerrada.

Maar sy kon nie in die kamer wees met die venster toe nie.

Hubo una ocasión en que ella llegó un poco antes.

Daar was een keer toe sy 'n bietjie vroeër ingekom het.

Probablemente alrededor de un mes después de la transformación de Gregor.

Waarskynlik omtrent 'n maand na Gregor se transformasie.

Ella se había acostumbrado un poco a su nueva apariencia.

Sy het ietwat gewoond geraak aan sy nuwe voorkoms.

Así que ya no tenía por qué estar particularmente sorprendida.

Sy het dus geen rede gehad om meer besonder geskok te wees nie.

Ella lo encontró todavía mirando por la ventana, inmóvil.

Sy het hom steeds bewegingloos by die venster uitgestaar gevind.

Estaba en el lugar más horrible en el que podría haber estado.

Hy was op die verskriklikste plek waar hy kon wees.

No le habría sorprendido si ella no hubiera entrado.

Hy sou nie verbaas gewees het as sy nie ingekom het nie.

Donde le impidió abrir la ventana.

Waar hy haar verhinder het om die venster oop te maak.

Ella salió rápidamente de la habitación y cerró la puerta.

Sy het vinnig weer die kamer verlaat en die deur toegemaak.

Un extraño podría haber llegado a todo tipo de conclusiones.

'n Vreemdeling kon tot allerhande gevolgtrekkings gekom het.

Quizás sólo estaba esperando la oportunidad de morderla.

Miskien het hy net gewag vir die kans om haar te byt.

Gregor, por supuesto, se escondió inmediatamente debajo del sofá.

Gregor het natuurlik dadelik onder die bank weggekruip.

Pero tuvo que esperar hasta el mediodía para que su hermana regresara.

Maar hy moes tot twaalfuur wag vir sy suster om terug te keer.

Y ella parecía mucho más inquieta que de costumbre.

En sy het baie meer rusteloos as haar gewone self gelyk.

Se dio cuenta de que verlo todavía era insoportable.

Hy het besef dat die aanskoue van hom steeds ondraaglik was.

Verlo seguiría siendo insoportable para ella.

Die aanblik van hom sou vir haar ondraaglik bly.

Probablemente no podría soportar ver ninguna parte de él.

Sy kon waarskynlik nie verdra om enige deel van hom te sien nie.

Siempre sobresalía una pequeña parte de debajo del sofá.

'n Klein deeltjie het altyd onder die rusbank uitgesteek.

Un día llevó una sábana sobre su espalda hasta el sofá.

Eendag het hy 'n beddegoed op sy rug na die bank gedra.

Quería evitar que ella viera cualquier parte de él.

Hy wou haar spaar om enige deel van hom te sien.

Él dispuso la sábana de tal manera que todo él quedara oculto.

Hy het die beddegoed so gerangskik dat hy heeltemal verborge was.

Incluso si se agachara no podría verlo.

Selfs al sou sy buk, sou sy hom nie kon sien nie.

Todo el esfuerzo le llevó a Gregor más de tres horas.

Die hele poging het Gregor meer as drie uur geneem.

Quizás pensó que la sábana era innecesaria.

Sy het dalk gedink die beddegoed was onnodig.

Ella habría sabido que él no quería la sábana.

Sy sou geweet het dat hy nie die beddegoed wou hê nie.

Lo hacía para su comodidad, no para la suya propia.

Hy het dit vir haar gerief gedoen, en nie vir homself nie.
Y podría haber quitado la sábana si hubiera querido.
En sy kon die beddegoed verwyder het as sy wou.
Pero dejó la sábana donde Gregor la había puesto.
Maar sy het die beddegoed gelos waar Gregor dit neergelê het.
Y Gregor incluso creyó haber captado una mirada de agradecimiento.
En Gregor het selfs gedink hy het 'n dankbare blik gekry.
Había levantado suavemente la sábana con la cabeza.
Hy het die beddegoed saggies met sy kop opgelig.
Quería ver si a su hermana le gustaba el arreglo.
Hy wou sien of sy suster van die reëling hou.

Las dos primeras semanas fueron las más difíciles para los padres.
Die eerste twee weke was die moeilikste vir die ouers.
No pudieron animarse a entrar y verlo.
Hulle kon hulself nie sover kry om in te kom en hom te sien nie.
Escuchó muchas de sus conversaciones en ese momento.
Hy het baie van hulle gesprekke destyds gehoor.
Reconocieron plenamente todo lo que hacía la hermana.
Hulle het ten volle erken wat die suster alles gedoen het.
Aunque solían estar molestos con ella a menudo.
Al was hulle dikwels geïrriteerd met haar.
Porque ella parecía ser una chica un tanto inútil.
Omdat sy soos 'n ietwat nuttelose meisie gelyk het.
Ahora eran ellos quienes esperaban al otro lado de la habitación.
Nou was dit hulle wat aan die ander kant van die kamer gewag het.
Y fue ella quien entró en la habitación a hacer todo.
En dit was sy wat die kamer ingegaan het om alles te doen.
Tan pronto como salió quisieron saberlo todo.
Sodra sy uitgekom het, wou hulle alles weet.
Tenía que decirles exactamente cómo era la habitación.
Sy moes hulle presies vertel hoe die kamer lyk.

¿Qué comió Gregor? ¿Cómo se comportó esta vez?
"Wat het Gregor geëet? Hoe het hy hom hierdie keer gedra?"
"¿Quizás se notó una ligera mejoría?"
"Was daar dalk 'n effense verbetering te sien?"
La madre, por cierto, fue en realidad más valiente.
Die moeder, terloops, was eintlik meer dapper.
Y por supuesto, era su propio hijo el que estaba dentro de la habitación.
En natuurlik was dit haar eie seun binne-in die kamer.
En realidad quería visitar a Gregor relativamente pronto.
Sy wou Gregor eintlik betreklik gou besoek.
Pero al principio el padre y la hermana la frenaron.
Maar die pa en die suster het haar aanvanklik teruggehou.
Le dieron argumentos muy racionales para que no fuera.
Hulle het baie rasionele argumente aangevoer vir haar om nie te gaan nie.
Gregor escuchó con mucha atención sus razonamientos.
Gregor het baie aandagtig na hulle redenasie geluister.
Y él aceptó el razonamiento tanto como su madre.
En hy het die redenasie net soveel as sy ma aanvaar.
Pero más tarde hubo que retenerla por la fuerza.
Later moes sy egter met geweld teruggehou word.
"¡Déjame entrar con Gregor, es mi desdichado hijo!"
"Laat my binne by Gregor, hy is my ongelukkige seun!"
-¿No entiendes que tengo que ir a verlo?
"Verstaan jy nie dat ek hom moet gaan sien nie?"
Gregor también se dejó convencer por los argumentos de su madre.
Gregor was ook oortuig deur sy ma se argumente.
Quizás tenía razón: sería bueno que entrara.
Miskien was sy reg; dit sou goed wees as sy inkom.
Venir a verlo todos los días sería demasiado.
Om hom elke dag te kom sien, sou heeltemal te veel wees.
Pero verlo una vez a la semana podría ser suficiente.
Maar om hom miskien een keer per week te sien, is dalk genoeg.
Ella podría entender las cosas mucho mejor que la hermana.

Sy verstaan dinge dalk baie beter as die suster.

A pesar de todo su coraje, ella todavía era sólo una niña.

Ten spyte van al haar moed, was sy nog maar net 'n kind.

Quizás la imprudencia infantil la impulsó a aceptar esa tarea.

Miskien het kinderlike roekeloosheid haar die taak laat aanpak.

Pero el deseo de Gregor de ver a su madre pronto se hizo realidad.

Maar Gregor se wens om sy ma te sien, het gou waar geword.

Durante el día Gregor se mantenía alejado de la ventana.

Gedurende die dag het Gregor van die venster weggebly.

Lo hizo por consideración a sus padres.

Dit het hy uit bedagsaamheid teenoor sy ouers gedoen.

No tenía mucho espacio para arrastrarse por el suelo.

Hy het nie veel plek gehad om op die vloer rond te kruip nie.

Le resultaba difícil permanecer quieto durante la noche.

Hy het dit moeilik gevind om gedurende die nag stil te lê.

Comer ya no le producía el más mínimo placer.

Eet het hom nie meer die minste plesier gegee nie.

Por supuesto que tenía que encontrar alguna manera de distraerse.

Natuurlik moes hy 'n manier vind om homself af te lei.

Para entretenerse se arrastraba por las paredes.

Om homself te vermaak het hy teen die mure op en af gekruip.

Y también se arrastró por el techo, boca abajo.

En hy het ook onderstebo teen die plafon gekruip.

Estaba especialmente feliz cuando colgaba del techo.

Hy was veral bly toe hy van die plafon af gehang het.

Fue completamente diferente a estar tendido en el suelo.

Dit was heeltemal anders as om op die vloer te lê.

Le resultó mucho más fácil respirar en esta posición.

Hy het dit baie makliker gevind om in hierdie posisie asem te haal.

Una ligera pero agradable vibración recorrió su cuerpo.

'n Ligte maar aangename vibrasie het deur sy liggaam gegaan.

A veces incluso se relajaba demasiado en su felicidad.
Soms het hy selfs te veel in sy geluk ontspan.
A veces se distraía y se soltaba del techo.
Hy het soms afgelei geraak en die plafon laat gaan.
Y para su propia sorpresa, aterrizó de nuevo en el suelo.
En tot sy eie verbasing het hy terug op die grond geland.
Pero tenía mucho mejor control de su cuerpo que antes.
Maar hy het baie beter beheer oor sy liggaam gehad as voorheen.
Para que ahora no se haga daño con caídas tan fuertes.
So hy het homself nou nie van sulke groot val beseer nie.
La hermana notó inmediatamente el nuevo placer de Gregor.
Die suster het Gregor se nuwe plesier dadelik opgemerk.
Y había restos de adhesivo donde se había arrastrado.
En daar was spore van kleefmiddel waar hy gekruip het.
Aquí nuevamente la hermana pensó en el bienestar de Gregor.
Hier het die suster weer aan Gregor se welstand gedink.
Quizás apreciaría más espacio para gatear.
Miskien sal hy meer ruimte waardeer om rond te kruip.
Y la idea se instaló firmemente en su cabeza.
En die idee het homself stewig in haar kop gevestig.
Algunos de los muebles de gran tamaño impedían su libre movimiento.
Van die groot meubels het sy vrye beweging verhinder.
Ya no trabajaba así que no necesitaba el escritorio.
Hy het nie meer gewerk nie, so hy het nie die lessenaar nodig gehad nie.
Y la caja ocupaba más espacio del necesario. ***
En die boks het ook meer spasie opgeneem as wat nodig was.
***

La hermana no era capaz de mover estas cosas sola.
Die suster kon nie hierdie goed alleen skuif nie.
Por supuesto que no se atrevió a pedirle ayuda al padre.
Natuurlik het sy nie gewaag om die pa om hulp te vra nie.
La criada seguramente tampoco la habría ayudado.
Die bediende sou haar verseker ook nie gehelp het nie.

La nueva criada era de hecho un año más joven que ella.
Die nuwe bediende was in werklikheid 'n jaar jonger as sy.
Ella había asumido valientemente el papel de ex sirvienta.
Sy het dapper die rolle van die voormalige diensmeisie
aangeneem.
Pero había un privilegio que ella insistía en tener.
Maar daar was een voorreg waarop sy aangedring het.
Ella quería mantener la cocina cerrada en todo momento.
Sy wou die kombuis te alle tye gesluit hou.
**Así que la hermana no tuvo más remedio que preguntarle a
su madre.**
So het die suster geen ander keuse gehad as om haar ma te vra
nie.
Con gritos de emocionada alegría la madre acudió a ayudar.
Met uitroepe van opgewonde vreugde het die moeder gekom
om te help.
**Pero ella se quedó en silencio en la puerta de la habitación
de Gregor.**
Maar sy het stil geword by die deur van Gregor se kamer.
**La hermana comprobó que todo en la habitación estuviera
bien.**
Die suster het gekyk of alles in die kamer in orde is.
**Gregor había tirado apresuradamente la sábana aún más
fuerte.**
Gregor het die beddegoed haastig nog stywer getrek.
Aunque la sábana todavía parecía colocada al azar.
Alhoewel die beddegoed steeds lukraak gerangskik gelyk het.
Y sólo entonces dejó que su madre entrara en la habitación.
En eers toe het sy haar ma die kamer binnegelaat.
**Gregor también se abstuvo de espiar desde debajo de la
sábana.**
Gregor het ook daarvan weerhou om onder die laken van te
spioeneer.
Decidió no volver a ver a su madre esta vez.
Hy het besluit om hierdie keer nie sy ma te sien nie.
Gregor estaba muy contento de que ella hubiera entrado.
Gregor was bly genoeg dat sy hoegenaamd ingekom het.

"Pasa, no puedes verlo", dijo la hermana.

"Kom binne, jy kan hom nie sien nie," het die suster gesê.

Gregor supuso que ella llevaba a su madre de la mano.

Gregor het aangeneem dat sy haar ma aan die hand gelei het.

Entonces escuchó a las dos mujeres débiles moviendo los muebles.

Toe hoor hy die twee swak vroue die meubels skuif.

La hermana parecía reclamar la mayor parte del trabajo para ella misma.

Dit het gelyk of die suster die meeste van die werk vir haarself opgeëis het.

Su madre temía que se esforzara demasiado.

Haar ma was bang dat sy haarself sou ooreis.

Pero la hermana no hizo caso a estas advertencias.

Maar die suster het geen aandag aan hierdie waarskuwings geskenk nie.

Pero incluso después de quince minutos el progreso era muy lento.

Maar selfs na vyftien minute was die vordering baie stadig.

No habían conseguido mover los muebles muy lejos.

Hulle het nie daarin geslaag om die meubels baie ver te skuif nie.

Poco a poco empezaron a sentir una sensación de derrota.

Hulle het stadig maar seker 'n gevoel van nederlaag begin voel.

La madre fue la primera en admitir la inutilidad.

Die moeder was die eerste om die nutteloosheid te erken.

"Quizás sería mejor dejar la caja aquí."

"Miskien is dit beter om die boks hier te los."

"La caja es demasiado pesada para que podamos moverla mucho más lejos".

"Die boks is te swaar vir ons om veel verder te skuif."

"Y no terminaremos antes de que llegue tu padre."

"En ons sal nie klaar wees voordat jou pa opdaag nie."

Dejar la caja aquí le bloquearía aún más el camino.

"As ek die boks hier los, sou dit sy pad nog meer versper."

"¿Y podemos estar seguros de que le estamos haciendo un favor?"

"En kan ons seker wees dat ons hom 'n guns bewys?"

Comenzaron a pensar que bien podría ser cierto lo opuesto.

Hulle het begin dink dat die teenoorgestelde moontlik waar kon wees.

La visión de la pared vacía pesó mucho en su corazón.

Die aanblik van die leë muur het swaar op haar hart gedruk.

¿Quién diría que Gregor no se sentiría así también?

Wat sê Gregor sou nie ook so voel nie?

"Ya está acostumbrado a los muebles de su habitación."

"Hy is reeds gewoond aan die meubels in sy kamer."

"Podría sentirse aún más abandonado en una habitación vacía".

"Hy mag dalk selfs meer verlate voel in 'n leë kamer."

Para entonces su voz se había reducido casi a un susurro.

Teen hierdie tyd het haar stem amper tot 'n fluistering verlaag.

En realidad no sabía el paradero exacto de Gregor.

Sy het nie eintlik geweet waar Gregor presies was nie.

Ella no quería ni siquiera que él escuchara el sonido de su voz.

Sy wou nie hê hy moes eers die geluid van haar stem hoor nie.

Aunque ella estaba segura de que él no la entendía.

Alhoewel sy seker was dat hy haar nie verstaan het nie.

"¿No parecería como si lo hubiéramos abandonado por completo?"

"Sou dit nie voel asof ons heeltemal moed opgegee het met hom nie?"

"¿No sentirá que lo estamos dejando solo?"

"Sal hy nie voel asof ons hom alleen los om te klaarkom nie?"

"Deberíamos dejar la habitación exactamente como estaba".

"Ons moet die kamer presies los soos dit was."

"Al final Gregor volverá con nosotros como antes."

"Uiteindelik sal Gregor na ons terugkeer soos hy was."

"Entonces encontrará que todo sigue en su lugar."

"Dan sal hy vind dat alles nog op sy plek is."

"Y olvidará mucho más fácilmente el período interino".

"En hy sal die tussentydse tydperk baie makliker vergeet."
Cuando Gregor escuchó estas palabras se dio cuenta de algo.
Toe Gregor hierdie woorde hoor, het hy iets besef.
Su mente se había vuelto confusa durante los últimos dos meses.
Sy gedagtes het die afgelope twee maande verward geraak.
La falta de interacción humana no había sido buena para él.
Die gebrek aan menslike interaksie was nie goed vir hom nie.
Realmente necesitaba la vida monótona en medio de su familia.
Hy het werklik die eentonige lewe te midde van sy familie nodig gehad.
¿Por qué si no habría hecho una exigencia tan absurda?
Waarom anders sou hy so 'n onsinnige eis gestel het?
¿Qué sentido tenía vaciar su habitación?
Watter moontlike sin was daar om sy kamer leeg te maak?
La cómoda habitación amueblada con muebles heredados.
Die gemaklike kamer is gemeubileer met geërfde meubels.
¿Por qué querría convertir ese calor conocido en una cueva?
Waarom sou hy hierdie bekende warmte in 'n grot wou verander?
Una cueva donde poder arrastrarse en todas direcciones en paz.
'n Grot waar hy in alle rigtings in vrede kon kruip.
Pero una cueva en la que olvidó rápidamente su pasado humano.
Maar 'n grot waarin hy sy menslike verlede vinnig vergeet het.
Tuvo que preguntarse si ya estaba cerca de olvidar.
Hy moes wonder of hy reeds naby daaraan was om te vergeet.
La voz de su madre lo había sacudido y lo había hecho recordar.
Die stem van sy ma het hom so laat onthou.
La voz que no había oído durante tanto tiempo.
Die stem wat hy so lanklaas gehoor het.
No había que quitar nada, todo tenía que quedar.
Niks moes verwyder word nie; alles moes bly.
Los muebles influyeron positivamente en su condición.

Die meubels het wel 'n positiewe uitwerking op sy toestand
gehad.

Y no podría vivir sin este ancla en el pasado.

En hy kon nie sonder hierdie anker aan die verlede klaarkom
nie.

Los muebles impedían que se arrastrara sin sentido.

Die meubels het sy sinnelose rondkruip verhoed.

Pero eso no fue una pérdida, sino más bien una gran ventaja.

Maar dit was geen verlies nie; eerder 'n groot voordeel.

**Lamentablemente la hermana tenía una opinión muy
diferente.**

Ongelukkig het die suster 'n heel ander mening gehad.

**Ella se había convertido en una especie de portavoz de
Gregor.**

Sy het ietwat 'n woordvoerder vir Gregor geword.

Por supuesto que su opinión no era del todo injustificada.

Natuurlik was haar mening nie heeltemal ongeregverdig nie.

Pero aquí la opinión de su madre tuvo que ser contradicha.

Maar haar ma se mening moes hier weerspreek word.

Ahora no era solo la caja la que había que retirar.

Dit was nie net die boks wat nou verwyder moes word nie.

Ni su escritorio ni el armario podían permanecer allí.

Sy lessenaar en die klerekas kon ook nie bly staan nie.

Lo único imprescindible era el sofá.

Die enigste ding wat onontbeerlik was, was die bank.

Ella no decidió esto sólo por desafío infantil.

Sy het dit nie net uit kinderlike verset besluit nie.

**Tampoco fue su recientemente adquirida confianza en sí
misma.**

Dit was ook nie haar onlangs verworwe selfvertroue nie.

**La nueva confianza que tuvo que trabajar muy duro para
ganar.**

Die nuwe selfvertroue wat sy so hard moes werk om te wen.

Aunque nadie esperaba que ella pudiera hacerlo.

Al het niemand verwag dat sy dit sou kon doen nie.

Gregor realmente necesitaba mucho espacio para gatear.

Gregor het regtig baie spasie nodig gehad om te kruip.

Los muebles sólo limitaban el espacio del que disponía.

Die meubels het slegs die ruimte wat hy beskikbaar gehad het, beperk.

Ella podía ver estas cosas mejor que la madre.

Sy kon hierdie dinge beter sien as die ma.

Pero quizá su espíritu romántico también jugó un papel.

Maar miskien het haar romantiese gees ook 'n rol gespeel.

Las niñas de esa edad suelen desarrollar cierto entusiasmo.

Meisies van daardie ouderdom kry dikwels 'n sekere entoesiasme.

Y sienten la necesidad de salirse con la suya siempre que pueden.

En hulle voel 'n behoefte om hul sin te kry wanneer hulle kan.

Quizás por eso quería sabotearlo en secreto.

Miskien is dit hoekom sy hom in die geheim wou saboteer.

Es aún más aterrador cuando se arrastra por las paredes.

Hy is selfs meer vreesaanjaend wanneer hy op die mure kruip.

Los padres ya no se atrevían a entrar en la habitación.

Die ouers sou nie meer durf om die kamer binne te gaan nie.

Ella realmente sería la única cuidadora de su hermano.

Sy sou werklik die enigste versorger van haar broer wees.

Ella no dejó que su madre la persuadiera de lo contrario.

Sy het nie toegelaat dat haar ma haar anders oortuig nie.

La madre de Gregor ya se sentía incómoda en la habitación.

Gregor se ma het reeds ongemaklik in die kamer gevoel.

Pronto dejó de hablar y ayudó nuevamente a su hija.

Sy het gou opgehou praat en haar dogter weer gehelp.

Con las fuerzas que les quedaban retiraron el armario.

Met hul oorblywende krag het hulle die klerekas verwyder.

La cómoda era algo de lo que podía prescindir.

Die laaikas was iets waarsonder hy kon klaarkom.

Pero el escritorio tendría que quedarse allí por el momento.

Maar die lessenaar sou vir eers moes bly.

Mientras las mujeres estaban ausentes, trató de evaluar la habitación.

Terwyl die vroue weg was, het hy probeer om die kamer te beoordeel.

Y Gregor asomó la cabeza por debajo del sofá.

En Gregor steek sy kop onder die bank uit.

Tenía que ver qué podía hacer con la situación.

Hy moes kyk wat hy aan die situasie kon doen.

Pero fue lo más cuidadoso y considerado posible.

Maar hy was so versigtig en bedagsaam as moontlik.

Desgraciadamente fue la madre quien regresó primero.

Ongelukkig was dit die ma wat eerste teruggekeer het.

Grete todavía estaba moviendo el armario en la habitación de al lado.

Grete was nog besig om die klerekas in die volgende kamer te skuif.

Pero la madre no estaba acostumbrada a ver a Gregor.

Maar die moeder was nie gewoond aan die gesig van Gregor nie.

Incluso un simple vistazo a él podría haberla enfermado.

Selfs net 'n kykie na hom kon haar siek maak.

Gregor se apresuró a retroceder hasta el otro extremo del sofá.

Gregor het agteruit na die verste punt van die bank gehaas.

Pero no podía retroceder y equilibrar la sábana.

Maar hy kon nie terugbeweeg en die beddegoed balanseer nie.

El movimiento fue suficiente para llamar la atención de la madre.

Die beweging was genoeg om die ma se aandag te trek.

Ella hizo una pausa y se quedó muy quieta por un breve momento.

Sy het gepouseer en vir 'n kort oomblik baie stil gestaan.

Luego se dio la vuelta y salió de la habitación.

Toe draai sy om en gaan terug uit die kamer.

Gregor seguía diciéndose a sí mismo que no había ocurrido nada inusual.

Gregor het homself bly vertel dat niks ongewoons gebeur het nie.

"Son sólo algunos muebles que se han llevado".

"Dis net 'n paar meubels wat weggeneem is."

Pero pronto tuvo que admitir que los acontecimientos le afectaron.

Maar hy moes gou erken dat die gebeure hom geraak het.

Las mujeres habían estado diciendo todo lo que estaban haciendo.

Die vroue het alles gesê wat hulle doen.

Habían estado caminando de un lado a otro por la habitación.

Hulle het heen en weer deur die kamer geloop.

El rayado de todos los muebles en el suelo.

Die gekrap van al die meubels op die vloer.

Se sentía como si lo atacaran desde todos lados.

Hy het gevoel asof hy van alle kante aangeval word.

Apretó la cabeza y las piernas lo más fuerte que pudo.

Hy het sy kop en bene so styf as moontlik ingetrek.

Con todas sus fuerzas presionó su cuerpo contra el suelo.

Met al sy krag het hy sy liggaam teen die grond gedruk.

Sabía que no podría soportar todo esto por mucho más tiempo.

Hy het geweet hy kon dit alles nie veel langer verduur nie.

Vaciaron su habitación y se llevaron todo lo que amaba.

Hulle het sy kamer leeggemaak en alles geneem wat hy liefgehad het.

Ya se habían llevado la caja que contenía todas sus herramientas.

Hulle het reeds die boks met al sy gereedskap geneem.

Ahora estaban aflojando su pesado escritorio del suelo.

Nou was hulle besig om sy swaar lessenaar van die grond los te maak.

El escritorio en el que había trabajado después de regresar del trabajo.

Die lessenaar waaraan hy gewerk het nadat hy van die werk af teruggekeer het.

El escritorio en el que había escrito sus tareas comerciales.

Die lessenaar waarop hy sy besigheidsopdragte geskryf het.

El escritorio en el que había hecho sus deberes en la escuela secundaria.

Die lessenaar waaraan hy sy huiswerk in die hoërskool gedoen het.

Die lessenaar waarop hy sy huiswerk op hoërskool gedoen
het.

Sí, ya había tenido este pupitre en la escuela primaria.

Ja, hy het hierdie lessenaar reeds op laerskool gehad.

**Realmente no tuvo tiempo de confirmar sus buenas
intenciones.**

Hy het regtig geen tyd gehad om hul goeie bedoelings te
bevestig nie.

Aunque ya casi había olvidado que estaban allí.

Alhoewel hy amper vergeet het dat hulle in elk geval daar
was.

Porque trabajaban en silencio, por el cansancio.

Omdat hulle stil gewerk het, weens uitputting.

**Estaban demasiado cansados para anunciar sus movimientos
ahora.**

Hulle was te moeg om nou hul bewegings aan te kondig.

Lo único que oyó fueron sus pesados pasos en el suelo.

Al wat hy gehoor het, was hul swaar voetstappe op die vloer.

Justo en ese momento estaban apoyados sobre la caja.

Net op daardie oomblik het hulle teen die boks geleun.

Y entonces Gregor salió de debajo del sofá.

En toe kom Gregor onder die bank uit.

Cambió la dirección en la que corría cuatro veces.

Hy het die rigting waarin hy gehardloop het vier keer
verander.

No podía decidir qué elemento debía salvarse primero.

Hy kon nie besluit watter item eerste gered moes word nie.

De repente su atención se dirigió a la pared vacía.

Skielik is sy aandag getrek na die leë muur.

**Lo único que le quedó fue la fotografía de la dama con
pieles.**

Al wat hulle vir hom oorgehad het, was die foto van die dame
in pels.

**Se arrastró hasta la imagen para presionar su cuerpo contra
el de ella.**

Hy het na die prent gekruip om sy lyf teen haar te druk.

Y su cuerpo cubrió completamente la vista de la imagen.

En sy liggaam het die uitsig van die prent heeltemal bedek.
El vaso lo sostuvo y reconfortó su vientre caliente.
Die glas het hom regop gehou en sy warm maag getroos.
Esta fotografía ya no se la pudieron quitar.
Hierdie foto kon nie meer van hom geneem word nie.
Luego giró la cabeza hacia la puerta de la sala de estar.
Toe draai hy sy kop na die sitkamerdeur.
Iba a observar mientras las mujeres regresaban a la habitación.
Hy sou kyk hoe die vroue na die kamer terugkeer.
Y no descansaron mucho antes de regresar nuevamente.
En hulle het nie lank gerus voordat hulle weer teruggekom het nie.
El brazo de Grete rodeaba a su madre para ayudarla a caminar.
Grete se arm was om haar ma om haar te help loop.
"¿Qué nos llevamos ahora?" dijo Grete y miró a su alrededor.
"Wat moet ons nou neem?" sê Grete en kyk rond.
Justo en ese momento su mirada se encontró con los ojos de Gregor.
Net op daardie oomblik ontmoet haar blik Gregor se oë.
A pesar del shock, mantuvo la presencia de ánimo.
Ten spyte van die skok het sy haar teenwoordigheid van gees behou.
Probablemente sólo por la presencia de su madre.
Waarskynlik net as gevolg van die teenwoordigheid van haar ma.
Ella inclinó su rostro hacia su madre, cubriéndole la vista.
Sy het haar gesig na haar ma gebuig en haar uitsig bedek.
Y entonces dijo, aunque temblorosa y desconsiderada:
En toe sê sy, alhoewel bewerig en gedagteloos:
-Vamos, ¿no deberíamos volver a la sala de estar?
"Kom nou, moet ons nie teruggaan sitkamer toe nie?"
Gregor podía comprender fácilmente las intenciones de la hermana.
Gregor kon die suster se bedoelings maklik verstaan.
Su primera prioridad fue poner a su madre a salvo.

Haar eerste prioriteit was om haar ma in veiligheid te bring.
Pero luego ella iba a perseguirlo desde la pared.
Maar toe wou sy hom van die muur af jaag.
«¡Pues claro que puede intentarlo!», pensó Gregor para sus adentros.
"Wel, sy kan beslis probeer!" het Gregor innerlik gedink.
Se sentó firmemente sobre su imagen y no renunció a ella.
Hy het ferm op sy prentjie gebly en dit nie opgegee nie.
Preferiría haberle saltado en la cara a la hermana.
Hy sou liewer in die suster se gesig gespring het.
Pero las palabras de Grete preocuparon aún más a su madre.
Maar Grete se woorde het haar ma nog meer bekommerd gemaak.
Ella se hizo a un lado para ver lo que le ocultaban.
Sy het eenkant toe gestap om te sien wat vir haar weggesteek word.
Y vio la mancha marrón en el papel pintado floreado.
En sy het die bruin vlek op die blommuurpapier gesien.
Y ella gritó antes de darse cuenta de que era Gregor.
En sy het geskree voordat sy selfs besef het dit was Gregor.
"Oh Dios", gritó con los brazos extendidos.
"O God," het sy geskree met haar arms uitgestrek.
Y ella se dejó caer en el sofá como si se hubiera rendido.
En sy het op die rusbank neergeval asof sy moed opgegee het.
—¡Gregor! —gritó la hermana levantando el puño.
"Gregor!" het die suster met 'n opgeligte vuis na hom geskree.
Y ella le dirigió una mirada larga, dura y penetrante.
En sy het hom 'n lang, harde en deurdringende kyk gegee.
Esta era la primera vez que hablaba con él directamente.
Dit was die eerste keer dat sy direk met hom gepraat het.
Corrió a la habitación de al lado para conseguir algunas sales aromáticas.
Sy het na die volgende kamer gehardloop om reuksoute te kry.
Tenía que devolverle la conciencia a su madre.
Sy moes haar ma weer tot bewussyn bring.
Gregor quería ayudar, podría salvar la imagen más tarde.

Gregor wou help, hy kon die prent later stoor.

Pero él se había quedado firmemente pegado al cristal.

Maar hy het homself stewig op die glas vasgesit.

Entonces tuvo que apartarse usando mucha fuerza.

So moes hy homself met baie geweld wegskeur.

Él también corrió a la habitación de al lado, donde estaba la hermana.

Hy het ook na die volgende kamer gehardloop, waar die suster was.

En el pasado podría haberle dado algún consejo.

In die ou dae kon hy haar raad gegee het.

Pero ahora no podía hacer nada más que quedarse de brazos cruzados y observar.

Maar nou kon hy niks anders doen as om ledig toe te kyk nie.

Revolvió el cajón y abrió varias botellas.

Sy het deur die laai gesoek en verskeie bottels oopgemaak.

Y todavía la asustó cuando ella se dio la vuelta.

En hy het haar steeds bang gemaak toe sy omdraai.

Una botella cayó al suelo, se rompió y se astilló.

'n Bottel het op die vloer geval, gebreek en gesplinter.

Una astilla de vidrio golpeó la cara de Gregor y lo hirió.

'n Glassplinter het Gregor se gesig getref en hom beseer.

La botella contenía algún tipo de líquido cáustico.

Die bottel het een of ander bytende vloeistof bevat.

Y ahora el líquido corrosivo quemaba la cara de Gregor.

En nou het die bytende vloeistof Gregor se gesig gebrand.

Sin embargo, la hermana no tenía tiempo para Gregor en ese momento.

Die suster het egter nou geen tyd vir Gregor gehad nie.

Ella recogió tantas botellas como pudo.

Sy het soveel van die bottels as moontlik opgetel.

Y ella corrió de nuevo hacia su madre con la medicina.

En sy het met die medisyne teruggehardloop na haar ma.

Ella cerró la puerta con el pie, dejando afuera a Gregor.

Sy het die deur met haar voet toegeslaan en Gregor buite gesluit.

Ahora estaba separado de su madre, que estaba potencialmente moribunda.
Hy was nou afgesny van sy potensieel sterwende moeder.
Si abriera la puerta, echaría a la hermana.
As hy die deur oopmaak, sou hy die suster wegjaag.
Pero por supuesto tuvo que quedarse para cuidar a la madre.
Maar natuurlik moes sy bly om na die ma om te sien.
Ya no podía hacer nada más que esperarlos.
Daar was niks wat hy nou kon doen behalwe vir hulle te wag nie.
Acosado por el autorreproche y la ansiedad, comenzó a gatear.
Geteister deur selfverwyt en angs, het hy begin kruip.
Se arrastró por todas partes: las paredes, los muebles, el techo.
Hy het oral rondgekruip; mure, meubels, die plafon.
Sintió como si toda la habitación girara a su alrededor.
Hy het gevoel asof die hele kamer om hom draai.
Finalmente, desesperado y mareado, volvió a caer.
Uiteindelik, in wanhoop en duiseligheid, het hy teruggeval.
Y cayó justo encima de la gran mesa del comedor.
En hy het reg bo-op die groot eetkamertafel geval.
Pasó algún tiempo tendido allí, entumecido e incapaz de moverse.
Hy het 'n rukkie daar gelê, gevoelloos en nie in staat om te beweeg nie.
Estaba exhausto por todo lo que el día le había traído.
Hy was uitgeput van alles wat hierdie dag oor hom gebring het.
Todo estaba tranquilo, pero tal vez eso era una buena señal.
Dit was stil oral, maar miskien was dit 'n goeie teken.
Entonces, rompiendo el silencio, sonó el timbre de la puerta de afuera.
Toe, terwyl die stilte verbreek word, lui die deurklokkie buite.
La criada, por supuesto, se había encerrado en su cocina.
Die bediende het haarself natuurlik in haar kombuis toegesluit.

Así que la hermana era la única que podía abrir la puerta.

So die suster was die enigste een wat die deur kon oopmaak.

"¿Qué pasó?" fue lo primero que preguntó el padre.

"Wat het gebeur?" was die eerste ding wat die pa gevra het.

La aparición de Grete probablemente le había dicho todo.

Grete se voorkoms het hom waarskynlik alles vertel.

La voz de Grete se volvió apagada y apagada mientras hablaba.

Grete se stem het gedemp en dof geword terwyl sy gepraat het.

Ella debió haber presionado su cara contra el pecho de su padre.

Sy moes haar gesig teen haar pa se bors gedruk het.

"La madre estaba inconsciente, pero ahora se siente mejor".

"Ma was bewusteloos, maar sy voel nou beter."

—Gregor ha escapado —añadió, tal como él esperaba.

"Gregor het ontsnap," het sy bygevoeg, wat hy verwag het.

"Siempre te dije que algún día se escaparía."

"Ek het jou nog altyd gesê hy gaan eendag ontsnap."

—Pero vosotras, las mujeres, no quisisteis escucharme, ¿verdad?

"Maar julle vroue wou nie na my luister nie, nè?"

Gregor se dio cuenta rápidamente de cómo vería las cosas su padre.

Gregor het gou besef hoe sy pa dinge sou sien.

Había malinterpretado el mensaje demasiado breve de Grete.

Hy het Grete se oordrewe kort boodskap verkeerd geïnterpreteer.

Supuso que Gregor había cometido algún acto de violencia.

Hy het aangeneem dat Gregor 'n daad van geweld gepleeg het.

Gregor tenía que encontrar una manera de apaciguar a su padre de alguna manera.

Gregor moes op een of ander manier 'n manier vind om sy pa te paai.

Porque no tuvo tiempo de explicarle las cosas.

Omdat hy nie tyd gehad het om dinge aan hom te verduidelik nie.

Pero de todos modos no habría podido explicar las cosas.

Maar hy sou in elk geval nie dinge kon verduidelik nie.

Entonces huyó hacia la puerta y se pegó a ella.

So het hy na die deur gevlug en homself daarteen gedruk.

De esa manera su padre podría verlo desde la antesala.

Só kon sy pa hom van die voorkamer af sien.

Y podría ver que tenía las mejores intenciones.

En hy sou kon sien dat hy die beste bedoelings gehad het.

No había necesidad de empujarlo con una escoba.

Daar was geen nodigheid om hom met 'n besem terug te stoot nie.

Lo único que el padre habría tenido que hacer era abrir la puerta.

Al wat die pa sou moes doen was om die deur oop te maak.

Pero él no estaba de humor para notar tales sutilezas.

Maar hy was nie lus om sulke subtiliteite raak te sien nie.

"¡Ahí estás!" exclamó nada más entrar.

"Daar is jy!" het hy uitgeroep sodra hy binnegekom het.

Era como si estuviera enojado y feliz al mismo tiempo.

Dit was asof hy gelyktydig kwaad en bly was.

Echó la cabeza hacia atrás y miró al padre.

Hy het sy kop agteroor getrek en na die pa opgekyk.

No se había imaginado que su padre estuviera allí así.

Hy het hom nie voorgestel dat sy pa so daar sou staan nie.

Pero en los últimos tiempos había encontrado una nueva distracción.

Maar hy het, in onlangse tye, 'n nuwe afleiding gevind.

Gatear ahora ocupaba gran parte de su día.

Rondkruip het nou 'n groot deel van sy dag in beslag geneem.

Antes, él estaba al tanto de todas las novedades que ocurrían en el apartamento.

Voorheen het hy enige nuus in die woonstel dopgehou.

Pero últimamente no había estado prestando tanta atención.

Maar hy het die laaste tyd nie so baie aandag gegee nie.

Debería haber estado preparado para afrontar los cambios.

Hy moes voorbereid gewees het op veranderinge.
Sin embargo, ¿era este hombre que tenía delante todavía el padre?
Nietemin, was hierdie man voor hom steeds die vader?
¿Era él el mismo hombre que solía yacer cansado en su cama?
Was hy dieselfde man wat moeg in sy bed gelê het?
Cuando Gregor ya se había ido de viaje de negocios.
Toe Gregor reeds op 'n sakereis gegaan het.
¿Era él el mismo hombre que lo saludaba por las noches?
Was hy dieselfde man wat hom saans gegroet het?
Cuando estaba en bata en su sillón.
Toe hy in sy kamerjas in sy leunstoel was.
¿Era el mismo hombre que no pudo levantarse a darle la bienvenida?
Was hy dieselfde man wat nie kon opstaan om hom te verwelkom nie?
Entonces, permaneciendo sentado, levantó el brazo en señal de alegría.
So, terwyl hy bly sit, het hy sy arm opgelig as 'n teken van vreugde.
¿Era el mismo hombre con el que salía a caminar de vez en cuando?
Was hy dieselfde man saam met wie hy af en toe gaan stap het?
En raras ocasiones: algunos domingos al año o días festivos.
By seldsame geleenthede: 'n paar Sondae per jaar, of vakansiedae.
¿Era el mismo hombre que caminaba envuelto en su abrigo?
Was hy dieselfde man wat geloop het, toegedraai in sy oorjas?
¿Avanzó lentamente, entre la madre y él?
Het hy stadig vorentoe gewerk, tussen die moeder en hom?
Y ellos ya caminaban lentamente por causa de él.
En hulle het reeds stadig geloop as gevolg van hom.
Pero ahora este hombre estaba de pie, fuerte y erguido.
Maar nou het hierdie man sterk en regop gestaan.
Estaba vestido con un uniforme azul con botones dorados.

Hy was geklee in 'n blou uniform met goue knope.

Botones que llevan los empleados de las instituciones bancarias.

Knope wat die dienaars van die bankinstellings dra.

Por encima del rígido cuello emergía su fuerte papada.

Bo die stywe kraag het sy sterk dubbelken te voorskyn gekom.

Bajo sus pobladas cejas se asomaban sus ojos negros.

Onder sy bosagtige wenkbroue het sy swart oë uitgekyk.

Ahora sus ojos parecían penetrantes, frescos y alertas.

Nou het sy oë deurdringend, vars en waaksaam gelyk.

El cabello blanco, anteriormente despeinado, fue peinado hacia abajo.

Die voorheen deurmekaar wit hare is afgekam.

Y su cabello ahora tenía una meticulosa raya central.

En sy hare het nou 'n noukeurige middelskeiding gehad.

Arrojó su sombrero, que estaba adornado con un monograma dorado.

Hy het sy hoed gegooi, wat met 'n goue monogram vasgemaak was.

Probablemente era el monograma del banco en el que trabajaba.

Dit was waarskynlik die monogram van die bank waarvoor hy gewerk het.

Y el sombrero aterrizó en el sofá, para guardarlo más tarde.

En die hoed het op die bank geland, om later weggebêre te word.

Empujó hacia atrás la parte inferior de la larga chaqueta del uniforme.

Hy het die onderkant van die lang uniformbaadjie teruggedruk.

Y metió los pulgares en los bolsillos de sus pantalones.

En hy het sy duime in die sakke van sy broek gesteek.

Y luego, con cara sombría, caminó hacia Gregor.

En toe, met 'n grimmige gesig, stap hy na Gregor toe.

Probablemente ni siquiera sabía lo que planeaba hacer.

Hy het waarskynlik nie eens geweet wat hy beplan het om te doen nie.

Pero aún así levantó los pies inusualmente alto.
Maar nietemin het hy sy voete ongewoon hoog gelig.
Gregor estaba asombrado por el enorme tamaño de sus botas.
Gregor was verbaas oor die enorme grootte van sy stewels.
Pero realmente no había tiempo para maravillarse con sus zapatos.
Maar daar was regtig geen tyd om oor sy skoene te verwonder nie.
El padre había decidido aplicar una disciplina muy estricta.
Die vader het op baie streng dissipline besluit.
Para Gregor sólo era apropiada la mayor severidad.
Slegs die grootste erns was gepas vir Gregor.
Él lo sabía desde el primer día de su transformación.
Hy het dit geweet van die eerste dag van sy transformasie af.
Corrió hacia su padre y se detuvo cuando él se detuvo.
Hy het na sy pa gehardloop en gestop toe hy stop.
Corrió hacia él nuevamente cuando se movió de nuevo.
Hy het weer na hom toe geskarrel toe hy weer beweeg het.
El padre se detuvo un momento y Gregor también.
Die pa het 'n oomblik gepouseer, en Gregor ook.
Y corrió hacia adelante nuevamente tan pronto como su padre se movió.
En hy het weer vorentoe gehardloop sodra sy pa beweeg het.
De esta manera dieron varias vueltas alrededor de la habitación.
Op hierdie manier het hulle verskeie kere om die kamer gesirkel.
Nadie había conseguido aún ninguna ventaja decisiva.
Geen beslissende voordeel is nog deur enigiemand behaal nie.
No se podría haber tenido la impresión de una persecución.
'n Mens kon nie die indruk van 'n jaagtog gekry het nie.
Porque todo el acontecimiento se estaba produciendo demasiado lentamente.
Omdat die hele gebeurtenis heeltemal te stadig plaasgevind het.
Gregor había decidido quedarse en tierra.

Gregor het besluit hy gaan op die grond bly.

Podría haber corrido por las paredes y a lo largo del techo.

Hy kon teen die mure en langs die plafon opgehardloop het.

Pero no quería provocar al padre innecesariamente.

Maar hy wou die pa nie onnodig uitlok nie.

Una huida así podría haber parecido especialmente perversa.

So 'n ontsnapping kon dalk besonder boos gelyk het.

Gregor admitió que esta persecución no podía durar mucho más.

Gregor het erken dat hierdie jaagtog nie veel langer kon duur nie.

Cada paso debía ir acompañado de una miríada de movimientos.

Elke stap moes met 'n magdom bewegings gepaardgaan.

Ya empezaba a sentir falta de aire.

Hy het reeds begin om kortasem te voel.

Incluso antes nunca había tenido unos pulmones completamente confiables.

Selfs voorheen het hy nooit heeltemal betroubare longe gehad nie.

Avanzó tambaleándose, guardando sus fuerzas para la carrera.

Hy het gestruikel en sy sterk punte vir die hardloop gespaar.

Estaba tan cansado que apenas podía mantener los ojos abiertos.

Hy was so moeg dat hy skaars sy oë oop kon hou.

Sus pensamientos se volvieron demasiado lentos para pensar en otras escapatorias.

Sy gedagtes het te stadig geword om aan ander ontsnappings te dink.

Casi había olvidado que los muros estaban a su disposición.

Hy het amper vergeet dat die mure vir hom beskikbaar was.

Pero de todos modos las paredes estaban ocultas detrás de los muebles.

Maar die mure was in elk geval agter meubels versteek.

Y los muebles tenían demasiadas muescas y protuberancias.

En die meubels het te veel kerwe en uitsteeksels gehad.

Y luego, justo a su lado, rodando, había una manzana.

En toe, reg langs hom, terwyl hy rol, was daar 'n appel.

La manzana debió haberle sido arrojada, se dio cuenta.

Die appel moes na hom gegooi gewees het, het hy besef.

Pero no tuvo tiempo de pensar antes de que llegara otra manzana.

Maar hy het nie tyd gehad om te dink voordat nog 'n appel gekom het nie.

Gregor se quedó paralizado por la nueva estrategia del padre.

Gregor het geskok geskrik oor die pa se nuwe strategie.

Ya no podía ganar nada intentando huir.

Hy kon niks meer kry deur te probeer hardloop nie.

El padre había decidido bombardearlo con fruta.

Die pa het besluit om hom met vrugte te bombardeer.

Se había llenado los bolsillos con lo que había en el frutero de la cocina.

Hy het sy sakke uit die kombuis se vrugtebak gevul.

Sin apuntar especialmente, lanzó manzana tras manzana.

Sonder om spesifiek te mik, het hy appel na appel gegooi.

Estas pequeñas manzanas rojas rodaban por el suelo.

Hierdie klein rooi appeltjies het op die grond rondgerol.

Como si estuvieran electrificadas, las manzanas chocaron entre sí.

Asof hulle geëlektrifiseer is, het die appels teen mekaar gebots.

Una de las manzanas lanzadas débilmente rozó la espalda de Gregor.

Een van die swak gegooide appels het Gregor se rug geskaaf.

Afortunadamente para él, la manzana se deslizó sin sufrir daño.

Gelukkig vir hom het daardie appel skadeloos afgegly.

Sin embargo, la manzana lanzada después fue más precisa.

Die appel wat daarna gegooi is, was egter meer akkuraat.

Y esta manzana se alojó profundamente en la espalda de Gregor.

En hierdie appel het homself diep in Gregor se rug vasgesit.

Gregor quería alejarse del dolor.

Gregor wou homself van die pyn wegsleep.

Quizás se pueda escapar de este nuevo e increíble dolor.

Miskien kon hierdie nuwe, ongelooflike pyn ontsnap word.

Quizás un cambio de ubicación aliviaría su agonía.

Miskien sou 'n verandering van ligging sy lyding verlig.

Pero se sentía como si lo hubieran clavado al suelo.

Maar hy het gevoel asof hy teen die vloer vasgespyker is.

Se estiró, pero sólo debido a su confusión.

Hy het homself uitgestrek, maar slegs as gevolg van sy verwarring.

Sólo con su última mirada vio que la puerta se abría.

Eers met sy laaste kyk het hy die deur sien oopgaan.

La madre corrió hacia su hermana, que gritaba.

Die ma het voor die gillende suster uitgehardloop.

La hermana la había desnudado, por lo que estaba en camisa.

Die suster het haar uitgetrek, so sy was in haar hemp.

Había necesitado respirar en su inconsciencia.

Sy het asemhalingsruimte in haar bewusteloosheid nodig gehad.

Todavía veía cómo la madre corría hacia el padre.

Hy het steeds gesien hoe die ma na die pa toe hardloop.

Sus faldas se deslizaron hasta el suelo, una tras otra.

Haar rompe het, een na die ander, op die grond gegly.

La vio acercarse al padre y tropezar con su falda.

Hy het gesien hoe sy die pa nader kom en oor haar romp struikel.

Abrazándolo, pidió que le perdonaran la vida a Gregor.

Sy het hom omhels en gevra dat Gregor se lewe gespaar word.

En completa unión con su cuerpo, su vista falló.

In volkome eenheid met sy liggaam, het sy sig gefaal.

Tercera parte
Deel Drie

Gregor sufrió la grave lesión durante más de un mes.

Gregor het die ernstige besering vir meer as 'n maand opgedoen.

La manzana quedó incrustada; nadie se atrevió a sacarla.

Die appel het ingebed gebly; niemand het dit gewaag om dit te verwyder nie.

La manzana permaneció en su carne como un recordatorio visible.

Die appel het as 'n sigbare herinnering in sy vlees gebly.

Pero la manzana también sirvió como recordatorio para el padre.

Maar die appel het ook as 'n herinnering vir die vader gedien.

Se dio cuenta de que no debía tratar a Gregor como a un enemigo.

Hy het besef Gregor moet nie soos 'n vyand behandel word nie.

Actualmente su apariencia puede ser triste y repugnante.

Tans kan sy voorkoms hartseer en walglik wees.

Pero aún así, seguía siendo un miembro de su familia.

Maar nietemin, hy was steeds 'n lid van hulle familie.

Había que aceptar la reticencia y tolerarla.

Die teësinnigheid moes gesluk en geduld word.

Debido a su herida, es posible que haya perdido su movilidad para siempre.

As gevolg van sy wond kan sy mobiliteit vir altyd verlore wees.

Todavía gateaba por su habitación, pero mucho más lento.

Hy het steeds in sy kamer rondgekruip, maar baie stadiger.

Arrastrarse a cualquier altura estaba fuera de cuestión.

Om op enige soort hoogte te kruip was buite die kwessie.

Pero Gregor recibió algún tipo de compensación.

Maar Gregor het wel een of ander vorm van vergoeding ontvang.

Por la noche se le abrió la puerta del salón.

In die aand is die sitkamerdeur vir hom oopgemaak.
Y consideró que estas reparaciones eran completamente adecuadas.
En hy het gevoel dat hierdie vergoeding heeltemal voldoende was.
Antes del anochecer ya había empezado a vigilar la puerta.
Voor die aand het hy reeds die deur begin dophou.
Él yacía en la oscuridad, invisible desde la sala de estar.
Hy het in die donkerte gelê, onsigbaar vanuit die sitkamer.
Pudo ver a toda la familia en la mesa iluminada.
Hy kon die hele gesin aan die verligte tafel sien.
Ahora se le permitió escuchar sus conversaciones.
Hy is nou toegelaat om na hul gesprekke te luister.
Esto fue bastante diferente a su arreglo anterior.
Dit was heel anders as hul vorige reëling.
Las animadas conversaciones de tiempos pasados habían terminado.
Die lewendige gesprekke van vroeër tye was verby.
Éstas eran las conversaciones que tanto anhelaba.
Dit was die gesprekke waarna hy verlang het.
Cuando dormía solo en pequeñas habitaciones de hotel.
Toe hy alleen in klein hotelkamers geslaap het.
Cuando tuvo que arrojarse entre las sábanas húmedas.
Toe hy homself in die klam beddegoed moes gooi.
Pero ahora las tardes eran en su mayoría tranquilas y sin acontecimientos.
Maar die aande was nou meestal stil en sonder enige gebeurtenisse.
El padre se quedó dormido en su sillón después de cenar.
Die pa het na aandete in sy leunstoel aan die slaap geraak.
Y la madre y la hermana se animaban mutuamente a guardar silencio.
En die moeder en suster het mekaar aangespoor om stil te bly.
La madre, inclinada hacia la luz, cosía lino.
Die moeder, ver oor die lig geleun, het linne gestik.
Ahora ella hace vestidos para una de las tiendas de moda.
Sy het nou rokke vir een van die modewinkels gemaak.

**Al igual que Gregor, la hermana había conseguido un
trabajo como vendedora.**
Soos Gregor, het die suster 'n werk as 'n verkoopsdame
aanvaar.
Ella estaba aprendiendo taquigrafía y francés por las tardes.
Sy het saans snelskrif en Frans geleer.
**Para que más adelante pudiera tal vez conseguir un mejor
puesto de trabajo.**
Sodat sy dalk later 'n beter werksposisie kan kry.
A veces el padre se despertaba de sus siestas nocturnas.
Soms het die pa uit sy aandslapies wakker geword.
"¡Cariño, ya llevas un buen rato cosiendo hoy!"
"Liefie, jy het vandag al so lank naaiwerk gedoen!"
Parecía haber olvidado que había estado durmiendo.
Dit het gelyk asof hy vergeet het dat hy geslaap het.
Pero inmediatamente volvió a caer en un sueño profundo.
Maar hy het dadelik weer in sy slaap teruggeval.
Y la madre y la hermana se sonrieron cansadamente.
En die moeder en suster het moeg vir mekaar geglimlag.
El padre había desarrollado una extraña y nueva terquedad.
Die pa het 'n vreemde nuwe koppigheid ontwikkel.
Incluso en casa se negó a quitarse el uniforme de sirviente.
Selfs tuis het hy geweier om sy bediende-uniform uit te trek.
Y su bata colgaba inútilmente en la percha.
En sy kamerjas het nutteloos aan die hanger gehang.
**Así pues, el padre dormía, completamente vestido, en su
sillón.**
So het die pa, volledig geklee, in sy leunstoel geslaap.
Era como si siempre estuviera dispuesto a prestar su servicio.
Dit was asof hy altyd gereed was om sy diens te doen.
Como si estuviera esperando la voz de su superior.
Asof hy net gewag het vir die stem van sy meerdere.
Esto provocó que su uniforme perdiera su limpieza.
Dit het daartoe gelei dat sy uniform sy netheid verloor het.
Aunque el uniforme tampoco era nuevo cuando lo recibió.
Alhoewel die uniform ook nie nuut was toe hy dit gekry het
nie.

Y la madre hizo todo lo posible para cuidar el uniforme.

En die moeder het haar bes gedoen om na die uniform om te sien.

Gregor pasaba tardes enteras mirando este uniforme.

Gregor het hele aande na hierdie uniform gekyk.

Observó cómo el anciano dormía de manera muy incómoda.

Hy het gekyk hoe die ou man baie ongemaklik slaap.

Pero mientras dormía también notó algo pacífico.

Maar in sy slaap het hy ook iets vreedsaams opgemerk.

Cuando el reloj dio las diez la madre intentó despertarlo.

Toe die klok tien slaan, probeer die ma hom wakker maak.

Ella habló en voz baja y lo convenció de ir a la cama.

Sy het stil gepraat en hom oorreed om te gaan slaap.

Porque dormir en el sillón no era dormir de verdad.

Want om op die leunstoel te slaap was nie regte slaap nie.

Iba a tener que empezar a trabajar a las seis en punto.

Hy sou om sesuur moes begin werk.

Así que realmente necesitaba dormir lo mejor posible.

So hy moes regtig die beste moontlike slaap kry.

Pero una nueva forma de terquedad se apoderó de él.

Maar hy was in die greep van 'n nuwe vorm van koppigheid.

Convertirse en sirviente había comenzado a tener ese efecto en él.

Om 'n dienaar te word, het hierdie effek op hom begin hê.

Así que siempre insistía en quedarse más tiempo en la mesa.

So het hy altyd daarop aangedring om langer aan tafel te bly.

Aunque con regularidad volvía a quedarse dormido en su silla.

Alhoewel hy gereeld weer in sy stoel aan die slaap geraak het.

Y sólo con la mayor dificultad pudo ser movido.

En hy kon slegs met die grootste moeite beweeg word.

Tuvieron que decirle que la cama sería mejor para él.

Hy moes meegedeel word dat die bed beter vir hom sou wees.

Madre y hermana tuvieron que insistir con pequeñas advertencias.

Ma en suster moes met klein waarskuwings aandring.

Durante quince minutos se limitó a menear lentamente la cabeza.

Vir vyftien minute het hy net stadig sy kop geskud.

Y mantuvo los ojos cerrados y se negó a levantarse.

En hy het sy oë toe gehou en geweier om op te staan.

La madre tiró de su manga, suavemente, pero con firmeza.

Die ma het aan sy mou getrek, saggies, maar ferm.

Y ella susurró palabras halagadoras en sus oídos cansados.

En sy het vleiende woorde in sy moeg ore gefluister.

La hermana abandonó la tarea que tenía entre manos para ayudar a su madre.

Die suster het die taak waarmee sy besig was, verlaat om haar ma te help.

Pero ninguno de sus esfuerzos funcionó con el padre.

Maar nie een van hulle pogings het op die vader gewerk nie.

Se hundió aún más en su silla, preparado para dormir.

Hy het nog dieper in sy stoel gesink, gereed om te slaap.

Y finalmente las mujeres lo agarraron por las axilas.

En uiteindelik het die vroue hom onder die oksels gegryp.

Abrió los ojos y los miró alternativamente.

Hy het sy oë oopgemaak en afwisselend na hulle gekyk.

"¡Qué vida ésta!" se quejó al irse a dormir.

"Wat 'n lewe is dit tog," het hy gekla terwyl hy gaan slaap het.

"¿Es esta la paz que me ha sido dada en mi vejez?"

"Is dit die vrede wat ek in my oudag gekry het?"

Pero entonces, apoyándose en las dos mujeres, se levantó torpemente.

Maar toe, terwyl hy op die twee vroue geleun het, het hy ongemaklik opgestaan.

Actuó como si llevara la carga más pesada.

Hy het opgetree asof hy die swaarste las dra.

Dejó que las dos mujeres lo guiaran hasta el final de la habitación.

Hy het die twee vroue hom na die einde van die kamer laat lei.

Allí les deseó buenas noches y continuó su camino.

Daar het hy hulle naggesê en op sy eie voortgegaan.

Pero la madre rápidamente arrojó su kit de costura.
Maar die ma het haastig haar naaldwerkstel neergegooi.
Y la hermana también dejó el bolígrafo y el bloc de notas.
En die suster het ook die pen en die notaboek neergesit.
Y corrieron detrás del padre para ayudarle aún más.
En hulle het agter die pa aan gehardloop om hom verder te help.
¿Quién en esta familia sobrecargada de trabajo tenía tiempo para Gregor?
Wie in hierdie oorwerkte gesin het enige tyd vir Gregor gehad?
¿Quién podría haberle prestado más atención de la necesaria?
Wie kon hom meer aandag as nodig gegee het?
El presupuesto familiar se fue restringiendo cada vez más.
Die huishoudelike begroting het toenemend beperk geraak.
Al final, para ahorrar dinero, tuvieron que despedir a la criada.
Uiteindelik, om geld te spaar, moes hulle die bediende ontslaan.
Fue reemplazada por una mujer de cabello blanco y huesos gruesos.
Sy is vervang met 'n dikbenige, witkopige vrou.
Pero esta mujer venía sólo por la mañana y por la tarde.
Maar hierdie vrou het net soggens en saans gekom.
Y todo el trabajo más pesado y duro quedó guardado para ella.
En al die swaarste en hardste werk is vir haar gespaar.
La madre se encargaba de todos los demás quehaceres.
Al die ander take is deur die moeder behartig.
Incluso ocurrió que se vendieron varias joyas familiares.
Dit het selfs gebeur dat verskeie familiejuwele verkoop is.
Joyas que las mujeres lucieron felizmente durante las celebraciones.
Juweliersware wat die vroue met graagte tydens vieringe gedra het.
Gregor aprendió esto en una de las discusiones generales.

Gregor het dit uit een van die algemene besprekings geleer.

La mayor queja, sin embargo, fue otra.

Die grootste klagte was egter iets anders.

El apartamento era demasiado grande, pero no podían mudarse.

Die woonstel was te groot, maar hulle kon nie uittrek nie.

No había manera de que pudieran reubicar a Gregor.

Daar was geen manier waarop hulle Gregor kon hervestig het nie.

Pero Gregor se dio cuenta de que no era sólo una consideración.

Maar Gregor het besef dat dit nie net oorweging was nie.

Algo más les impidió mudarse a otro lugar.

Iets anders het hulle gekeer om êrens anders heen te trek.

Podría haber sido fácilmente transportado en una caja adecuada.

Hy kon maklik in 'n geskikte boks vervoer gewees het.

Sus sentimientos de completa desesperanza los frenaron.

Hul gevoelens van algehele hopeloosheid het hulle teruggehou.

No querían admitir que la desgracia les había golpeado.

Hulle wou nie erken dat ongeluk hulle getref het nie.

Lo que el mundo exige de los pobres, ellos lo cumplen.

Wat die wêreld van arm mense eis, het hulle vervul.

El padre le preparó el desayuno al pequeño empleado del banco.

Die pa het ontbyt vir die klein bankklerk gehaal.

La madre se sacrificó por la ropa de desconocidos.

Die moeder het haarself opgeoffer vir vreemdelinge se wasgoed.

La hermana corría de un lado a otro para atender los pedidos de los clientes.

Die suster het heen en weer gehardloop vir die klante se bestellings.

Pero ya no tenían fuerzas para hacer más.

Maar hulle het net nie die krag gehad om meer te doen nie.

La herida en la espalda de Gregor comenzó a doler aún más.

Die wond in Gregor se rug het nog meer begin seermaak.

Cada noche, la madre y la hermana llevaban al padre a la cama.

Elke aand het ma en suster die pa bed toe gebring.

Dejaron su trabajo donde estaba y se sentaron juntos.

Hulle het hul werk gelos waar dit was, en saam gaan sit.

Y se acercaron más y se sentaron mejilla contra mejilla.

En hulle het nader aan mekaar beweeg en wang teen wang gesit.

La madre señaló la habitación desde donde él observaba.

Die ma het na die kamer gewys van waar hy gekyk het.

"¿Podrías cerrar la puerta?" le preguntó a la hermana.

"Sal jy die deur toemaak," het sy die suster gevra.

Y entonces Gregor se quedó solo otra vez en la oscuridad.

En toe is Gregor weer alleen in die donker gelaat.

Y en la habitación de al lado la mujer mezcló sus lágrimas.

En in die volgende kamer het die vrou hulle trane gemeng.

O bien se quedaban sentados con los ojos secos, simplemente mirando la mesa.

Of hulle het droë oë gesit en bloot na die tafel gestaar.

Gregor apenas durmió, ni de noche ni de día.

Gregor het skaars geslaap, nie nag of dag nie.

A menudo pensaba en cómo podría ayudar a la familia.

Hy het dikwels gedink oor hoe hy die gesin kon help.

Pensó en ganar dinero nuevamente para ellos.

Hy het daaraan gedink om weer die geld vir hulle te verdien.

Pensó en hacer lo que solía hacer por ellos.

Hy het daaraan gedink om te doen wat hy voorheen vir hulle gedoen het.

En sus pensamientos regresó el representante autorizado.

In sy gedagtes het die gemagtigde verteenwoordiger teruggekom.

Y esta vez el jefe también vino al apartamento.

En hierdie keer het die baas ook na die woonstel gekom.

Y los oficinistas y los aprendices también estaban allí.

En die klerke en die vakleerlinge was ook daar.

Incluso el lento empleado de la oficina vino a verlo.

Selfs die stadiggesette kantoorbediende het hom kom sien.
Había dos o tres amigos de otros negocios.
Daar was twee of drie vriende van ander besighede.
Una de las camareras de un hotel de provincias.
Een van die kamermeisies van 'n hotel in die provinsies.
Un recuerdo querido y fugaz al que intentó aferrarse.
'n Dierbare en vlietende herinnering waaraan hy probeer vashou het.
Una cajera de una sombrerería para quien tenía intenciones.
'n Kassier van 'n hoedewinkel vir wie hy voornemens gehad het.
Pero había sido un poco lento en ganar su aprobación.
Maar hy was effens te stadig om haar goedkeuring te wen.
Todos ellos aparecieron en sus pensamientos, mezclados con desconocidos.
Hulle het almal in sy gedagtes verskyn, gemeng met vreemdelinge.
Y otros no aparecieron, ya estaban olvidados.
En ander het nie verskyn nie; hulle was reeds vergete.
Pero no le ayudaron a él ni tampoco a la familia.
Maar hulle het hom nie gehelp nie, en hulle het ook nie die familie gehelp nie.
Eran inaccesibles y él se alegró cuando se fueron.
Hulle was ontoeganklik, en hy was bly toe hulle weg is.
No siempre estaba de humor para preocuparse por la familia.
Hy was nie altyd lus om oor die familie bekommerd te wees nie.
Y se llenó de rabia por la falta de atención.
En hy was gevul met woede van die gebrek aan aandag.
Y no podía imaginar nada que le apeteciera.
En hy kon hom niks voorstel waarvoor hy lus was nie.
Pero aún así hizo planes para entrar en la despensa.
Maar hy het steeds planne gemaak om in die spens in te breek.
Y él iba a tomar todo lo que se merecía.
En hy sou alles neem wat hy verdien het.
La hermana ya no hacía ningún esfuerzo especial por él.

Die suster het nie meer enige spesiale moeite vir hom gedoen nie.

Ella ya no pasaba el tiempo pensando en complacerlo.

Sy het nie meer tyd daaraan bestee om daaraan te dink om hom tevrede te stel nie.

Antes de ir a trabajar, rápidamente metió algo de comida en la habitación.

Voor werk het sy vinnig kos in die kamer ingestoot.

Y por la noche volvió a barrer rápidamente la comida.

En in die aand het sy die kos weer vinnig opgevee.

Ya no se daba cuenta de si había comido o no.

Of hy geëet het of nie, het sy nie meer opgemerk nie.

En la actualidad, la mayoría de las veces la comida se dejaba intacta.

Meer dikwels as nie nou is die kos onaangeraak gelaat.

Ella todavía barría rápidamente la habitación por la noche.

Sy het steeds saans vinnig deur die kamer gevee.

Pero ahora hizo lo mínimo, lo más rápido posible.

Maar nou het sy die absolute minimum gedoen, so vinnig as moontlik.

Quedaron vetas de suciedad corriendo por las paredes.

Strepe vuilgoed het langs die mure geloop.

Bolas de polvo y basura quedaron tiradas en el suelo.

Bolle stof en rommel het op die vloer gelê.

Gregor mostró su desaprobación por su falta de cuidado.

Gregor het sy afkeuring oor haar gebrek aan sorg getoon.

Se giró en un ángulo particularmente significativo.

Hy het homself teen 'n besonder beduidende hoek gedraai.

Pero podría haber permanecido en el puesto durante semanas.

Maar hy kon weke lank in die posisie gebly het.

Su hermana no habría notado su insatisfacción.

Sy suster sou nie sy ontevredenheid opgemerk het nie.

Ella veía la suciedad tan bien como él, o incluso mejor.

Sy het die vuiligheid net so goed soos hy gesien, indien nie beter nie.

Pero ella había decidido dejar la tierra donde estaba.

Maar sy het besluit om die grond te los waar dit was.

En ese momento adoptó una sensibilidad completamente nueva.

Destyds het sy 'n heeltemal nuwe sensitiwiteit aangeneem.

Ella había hecho de la limpieza de la habitación de Gregor su responsabilidad.

Sy het die skoonmaak van Gregor se kamer haar verantwoordelikheid gemaak.

La familia se sintió conmovida por su amable consideración.

Die familie was geraak deur haar vriendelike bedagsaamheid.

Una vez, la madre le había dado a su habitación una limpieza a fondo.

Eenkeer het die ma sy kamer deeglik skoongemaak.

Sólo después de utilizar unos cuantos baldes de agua lo consiguió.

Eers nadat sy 'n paar emmers water gebruik het, het sy daarin geslaag.

Sin embargo, la nueva humedad en la habitación perjudicó a Gregor.

Die nuwe vog in die kamer het Gregor egter benadeel.

Y él yacía ancho, amargado e inmóvil en el sofá.

En hy het breed, bitter en bewegingloos op die bank gelê.

Pero ese fue sólo su primer castigo por ayudar.

Maar dit was slegs haar eerste straf vir hulp.

La hermana notó rápidamente el cambio en la habitación de Gregor.

Die suster het die verandering in Gregor se kamer vinnig opgemerk.

Y ella corrió a la sala, extremadamente insultada.

En sy het die sitkamer binnegehardloop, uiters beledig.

Su madre levantó las manos y trató de implorarle.

Haar ma het haar hande opgesteek en probeer om haar te smeek.

Pero a pesar de una explicación sincera, ella rompió a llorar.

Maar ten spyte van 'n opregte verduideliking, het sy in trane uitgebars.

El padre, por supuesto, se sobresaltó y se levantó de la silla.

Die pa het natuurlik uit sy stoel geskrik.

Y los dos padres miraban asombrados e impotentes.

En die twee ouers het verbaas en hulpeloos toegekyk.

Y con el tiempo sus emociones también se agitaron.

En uiteindelik het hul emosies ook opgewonde geraak.

El padre reprochó a la madre lo que había hecho.

Die pa het die ma verwyt oor wat sy gedoen het.

"Deberías haber dejado la habitación para que Grete la limpiara."

"Jy moes die kamer vir Grete gelos het om skoon te maak."

Grete le gritó a la madre por limpiar su habitación.

Grete het na die ma geskree omdat sy sy kamer skoongemaak het.

"¡Nunca más podrás limpiar su habitación!"

"Jy mag nooit weer sy kamer skoonmaak nie!"

La madre intentó arrastrar al padre al dormitorio.

Die ma het probeer om die pa die slaapkamer in te sleep.

La hermana se quedó en la habitación, temblando y sollozando.

Die suster is in die kamer agtergelaat, bewerig en huilend.

Y golpeó la mesa con sus pequeños puños.

En sy het met haar klein vuisies op die tafel geslaan.

Y Gregor, enojado, siseó fuertemente contra todos ellos.

En Gregor het hardop in woede na hulle almal gesis.

¿Por qué a nadie se le ocurrió cerrarle la puerta?

Waarom het niemand daaraan gedink om die deur vir hom toe te maak nie?

Podrían haberle ahorrado esta vista y este ruido.

Hulle kon hom hierdie gesig en geraas gespaar het.

La hermana estaba agotada después de llegar a casa del trabajo.

Die suster was uitgeput nadat sy van die werk af huis toe gekom het.

Y cuidar a Gregor era aún más trabajo para ella.

En om vir Gregor te sorg was selfs meer werk vir haar.

Pero eso no significaba que la madre debía haberlo hecho.

Maar dit het nie beteken dat die ma dit moes gedoen het nie.

A Gregor, por el contrario, no hay que descuidarlo.

Gregor, aan die ander kant, moet nie verwaarloos word nie.

Pero ahora tenían una nueva criada que podía hacer esas cosas.

Maar nou het hulle 'n nuwe bediende gehad wat sulke dinge kon doen.

Una viuda anciana que tenía una estructura ósea robusta.

'n Bejaarde weduwee met 'n robuuste beenstruktuur.

Una estatura que la ayudó a sobrevivir a su difícil vida.

'n Stigting wat haar gehelp het om haar moeilike lewe te oorleef.

Ella no sentía ninguna aversión real hacia la apariencia de Gregor.

Sy het geen werklike afkeer van Gregor se voorkoms gehad nie.

Ella había abierto accidentalmente la puerta de la habitación de Gregor.

Sy het per ongeluk die deur na Gregor se kamer oopgemaak.

No fue por ninguna curiosidad particular sobre la habitación.

Dit was nie uit enige besondere nuuskierigheid oor die kamer nie.

Ella simplemente estaba haciendo su trabajo y por casualidad abrió la puerta.

Sy het net haar werk gedoen, en toevallig die deur oopgemaak.

Gregor, por supuesto, quedó completamente sorprendido por ella.

Gregor was natuurlik heeltemal verbaas deur haar.

No lo perseguían, sino que corría de un lado a otro.

Hy is nie gejaag nie, maar hy het heen en weer gehardloop.

Y ella simplemente cruzó sus brazos y lo observó gatear.

En sy het net haar arms gevou en hom dopgehou terwyl hy kruip.

Desde entonces ella siempre le abría un poquito la puerta.

Sedertdien het sy altyd die deur 'n bietjie vir hom oopgemaak.

Una mañana ella entró para ver cómo estaba.

Eenkeer in die oggend het sy ingekyk om te sien hoe dit met hom gaan.

Y por la tarde ella fue a ver cómo estaba antes de irse.

En in die aand het sy hom besoek, voordat sy vertrek het.

Al principio ella también intentó llamarlo para que viniera con ella.

Aanvanklik het sy ook probeer om hom te roep om na haar toe te kom.

"¡Ven aquí, viejo escarabajo pelotero!", solía decir.

"Kom hiernatoe, ou miskruier!" het sy altyd gesê.

O ella dijo, "¡mira ese viejo escarabajo pelotero!", amigablemente.

Of sy het vriendelik gesê: "Kyk na die ou miskruier!"

Gregor nunca reaccionó cuando le hablaron de esa manera.

Gregor het nooit gereageer toe hy so aangespreek is nie.

Él permaneció allí, sin moverse, y la ignoró.

Hy het daar gebly, sonder om te beweeg, en haar geïgnoreer.

"Si le hubieran dicho cómo hacer correctamente su trabajo."

"As sy maar net vertel was hoe om haar werk behoorlik te doen."

"En lugar de molestarme debería limpiar mi habitación."

"In plaas daarvan om my te pla, moet sy my kamer skoonmaak."

Una mañana temprano una fuerte lluvia golpeó las ventanas.

Eenkeer vroeg in die oggend het 'n swaar reën teen die vensters getref.

Quizás la lluvia ya era una señal de la llegada de la primavera.

Miskien was die reën reeds 'n teken van die komende lente.

La criada comenzó a hablarle de esa manera una vez más.

Die diensmeisie het weer eens so met hom begin praat.

Gregor estaba tan amargado que se giró para mirarla.

Gregor was so verbitterd dat hy omgedraai het om haar in die gesig te staar.

Era lento y débil, pero fue una especie de ataque.

Hy was stadig en swak, maar dit was soort van 'n aanval.

La criada, sin embargo, no tenía ningún miedo de Gregor.

Die diensmeisie was egter glad nie bang vir Gregor nie.

En lugar de eso, levantó una silla que estaba cerca de la puerta.

In plaas daarvan het sy 'n stoel opgetel wat naby die deur was.

Y ella permaneció allí, tranquilamente, con la boca abierta.

En sy het daar gestaan, kalm, met haar mond wyd oop.

Sus intenciones eran claras, incluso Gregor podía verlo.

Haar bedoelings was duidelik, selfs Gregor kon dit sien.

Y se giró, lentamente, a su posición original.

En hy het stadig omgedraai na sy oorspronklike posisie.

—Entonces no quieres acercarte más, ¿verdad?

"So jy wil dan nie nader kom nie, nè?"

Y silenciosamente volvió a poner la silla en la esquina.

En sy het die stoel stilweg terug in die hoek gesit.

Gregor ya casi no comía nada.

Gregor het skaars meer enigiets geëet.

A veces, mientras caminaba por la habitación, se detenía.

Soms, terwyl hy deur die kamer stap, het hy stilgehou.

Y se encontró junto a la comida preparada para él.

En hy het homself langs die kos bevind wat vir hom voorberei is.

Se llevó la comida a la boca, pero sólo para jugar con ella.

Hy het die kos in sy mond gesit, maar net om daarmee te speel.

Y muy a menudo lo escupía de nuevo al cabo de unas horas.

En heel dikwels het hy dit na 'n paar uur weer uitgespoeg.

Trató de encontrar una razón para su falta de apetito.

Hy het probeer om 'n rede vir sy gebrek aan eetlus te vind.

Quizás porque estaba triste por el estado de su habitación.

Miskien omdat hy hartseer was oor die toestand van sy kamer.

Pero ya se había adaptado a los cambios que se producían en la habitación.

Maar hy het vrede gemaak met die veranderinge in die kamer.

Recientemente su habitación se había convertido en una especie de almacén.

Onlangs het sy kamer 'n soort stoorkamer geword.

Se habían acostumbrado a dejar las cosas allí.
Hulle het die gewoonte ontwikkel om goed daar te los.
Y ahora quedaban muchas cosas así en su habitación.
En daar was nou baie sulke dinge in sy kamer oor.
Porque una habitación del apartamento estaba alquilada.
Omdat een kamer van die woonstel verhuur was.
Tres caballeros serios alquilaban la habitación juntos.
Drie ernstige here het die kamer saam gehuur.
Gregor los vio una vez a través de una rendija en la puerta.
Gregor het hulle eenkeer deur 'n kraak in die deur opgemerk.
Llevaban barbas pobladas y estaban vestidos meticulosamente.
Hulle het vol baarde gehad en was noukeurig geklee.
Eran escrupulosos en mantener todo ordenado.
Hulle was nougeset om alles netjies te hou.
Su insistencia en el orden no se limitaba a su habitación.
Hul aandrang op netheid het nie by hul kamer opgehou nie.
Todo el apartamento tenía que mantenerse perfectamente limpio.
Die hele woonstel moes perfek skoon gehou word.
Eran aún más exigentes con el aspecto de la cocina.
Hulle was selfs meer kieskeurig oor hoe die kombuis lyk.
Y no podían tolerar ningún desorden innecesario.
En hulle kon geen onnodige rommel verdra nie.
También habían traído consigo sus propios muebles.
Hulle het ook hul eie meubels saamgebring.
Por esta razón muchas cosas se habían vuelto superfluas.
Om hierdie rede het baie dinge oorbodig geword.
Eran cosas por las que nadie pagaría dinero.
Dit was dinge waarvoor niemand geld sou betaal nie.
Pero la familia tampoco quería deshacerse de estas cosas.
Maar die familie wou ook nie van hierdie goed ontslae raak nie.
Todas estas cosas fueron a parar a la habitación de Gregor.
Al hierdie goed het êrens in Gregor se kamer gegaan.
El cajón de cenizas de la cocina ahora estaba guardado en su habitación.

Die asboks uit die kombuis is nou in sy kamer gehou.

Y la basura se guardaba en su habitación hasta el día de la basura.

En die vullis is in sy kamer gehou tot vullisdag.

La criada arrojó todo lo que no necesitaba en su habitación.

Die bediende het enigiets wat sy nie nodig gehad het nie in sy kamer gegooi.

Afortunadamente no vio más que la mano y el objeto.

Gelukkig het hy niks meer as die hand en die voorwerp gesien nie.

Probablemente tenía la intención de volver a buscar las cosas más tarde.

Sy het waarskynlik bedoel om later terug te kom vir die goed.

O tal vez quería tirarlo todo de una vez.

Of miskien wou sy alles in een slag weggooi.

Sin embargo, todo permaneció donde había quedado al principio.

Alles het egter gebly waar dit aanvanklik geland het.

A menos que Gregor moviera la basura moviéndose a través de ella.

Tensy Gregor die rommel geskuif het deur daardeur te wriuel.

Al principio se vio obligado a arrastrarse entre toda la basura.

Aanvanklik was hy gedwing om deur al die rommel te kruip.

No tenía posibilidad de evitarlo.

Daar was geen moontlikheid vir hom om dit te vermy nie.

Pero más tarde realmente encontró placer en esta actividad.

Maar later het hy eintlik plesier in hierdie aktiwiteit gevind.

Aunque tal esfuerzo lo dejó triste y profundamente cansado.

Alhoewel sulke poging hom hartseer en diep moeg gelaat het.

Y después no pudo moverse durante muchas horas.

En daarna kon hy vir baie ure nie beweeg nie.

Los inquilinos a veces comían en la sala de estar.

Die loseerders het soms hul ete in die sitkamer geëet.

La puerta del salón permanecía cerrada esas noches.

Die sitkamerdeur het daardie aande toe gebly.

Pero a Gregor no le resultó difícil no abrir la puerta.

Maar Gregor het geen moeite gehad om nie nou die deur oop te maak nie.

Incluso cuando la puerta estaba abierta, no siempre miraba hacia afuera.

Selfs wanneer die deur oop was, het hy nie altyd uitgekyk nie.

Pero él se acostó en el rincón más oscuro de la habitación.

Maar hy het homself in die donkerste hoek van die kamer gaan lê.

La familia tampoco notó su falta de atención.

Die familie het ook nie sy gebrek aan aandag opgemerk nie.

Pero hubo una vez que la criada dejó la puerta abierta.

Maar daar was een keer dat die bediende die deur oopgelaat het.

La puerta permaneció abierta incluso cuando los inquilinos regresaron.

Die deur het oopgebly selfs toe die loseerders teruggekeer het.

Y la puerta estaba abierta cuando se encendió la luz.

En die deur was oop toe die lig aangeskakel is.

El hombre se sentó a la mesa donde la familia cenaba.

Die man het aan die tafel gesit waar die gesin aandete geëet het.

Allí se sentaron en el pasado el padre, la madre y Gregor.

Vader, moeder en Gregor het daar in vroeër tye gesit.

Desplegaron las servilletas y cogieron cuchillos y tenedores.

Hulle het die servette oopgevou en messe en vurke geneem.

La madre apareció en la puerta con un plato de carne.

Die ma het in die deuropening verskyn met 'n bak vleis.

Entonces la hermana entró con un cuenco lleno de patatas.

Toe kom die suster in met 'n bak vol aartappels.

Los inquilinos se inclinaron sobre los cuencos colocados delante de ellos.

Die loseerders het oor die bakke gebuk wat voor hulle geplaas is.

El humo denso de la comida les llegaba hasta la nariz.

Die swaar rook van die kos het tot by hulle neuse gestoom.

Pero aún no habían decidido si comerían la comida.

Maar hulle het nog nie besluit of hulle die kos sou eet nie.

Quizás enviarían la comida de vuelta a la cocina.

Miskien sou hulle die kos terug na die kombuis stuur.

El hombre sentado en el medio parecía ser la autoridad.

Die man wat in die middel gesit het, het gelyk of hy die gesag was.

Cortó la carne para determinar si estaba lo suficientemente tierna.

Hy het die vleis gesny om te bepaal of dit sag genoeg was.

Estaba satisfecho con el olor y el aspecto de la comida.

Hy was tevrede met hoe die kos geruik en gelyk het.

La madre y la hermana los observaban ansiosamente.

Die ma en suster het hulle angstig dopgehou.

Y empezaron a sonreír con un suspiro de alivio.

En hulle het begin glimlag met 'n sug van opgeboude verligting.

La propia familia iba a comer en la cocina.

Die gesin self sou in die kombuis eet.

Pero primero el padre fue a ver cómo estaban los inquilinos.

Maar eers het die pa gaan kyk hoe dit met die loseerders gaan.

Hizo una reverencia, sosteniendo en su mano su gorra de trabajo.

Hy het een keer gebuig, terwyl hy sy werkpet in sy hand gehou het.

Y caminó en círculo alrededor de la mesa, hacia cada invitado.

En hy het 'n sirkel om die tafel geloop, na elke gas toe

Todos los inquilinos se pusieron de pie y murmuraron algo entre dientes.

Die loseerders het almal opgestaan en in hul baarde gemompel.

Después de que él se fue, comieron en un silencio casi absoluto.

Nadat hy weg is, het hulle in byna algehele stilte geëet.

A Gregor le pareció extraño que pudiera oír la masticación.

Dit het vir Gregor vreemd gelyk dat hy kou kon hoor.

Ningún otro aspecto de la alimentación parecía emitir ningún sonido.

Geen ander aspek van eet het enige geluid gemaak nie.

Pero podía oír claramente el rechinar de los dientes.

Maar hy kon duidelik hoor hoe die tande teen mekaar kners.

Parecían decirle que necesitaba dientes para comer.

Dit het gelyk asof hulle vir hom sê hy het tande nodig om te eet.

"No puedes hacer nada si tus mandíbulas no tienen dientes".

"Jy kan niks doen as jou kake tandloos is nie."

"Me gustaría comer algo", dijo Gregor ansiosamente.

"Ek wil graag iets eet," sê Gregor angstig.

"Pero no tengo apetito para lo que están comiendo".

"Maar ek het geen lus vir wat julle almal eet nie."

"Mira cómo comen estos huéspedes y yo aquí muriéndome de hambre".

"Kyk hoe hierdie loseerders eet, en hier is ek besig om honger te sterf."

Aquella noche Gregor pensó por casualidad en el violín.

Gregor het daardie aand toevallig aan die viool gedink.

No había oído el violín desde la transformación.

Hy het sedert die transformasie nie die viool gehoor nie.

Pero entonces, esta noche, se oyó un ruido desde la cocina.

Maar toe, vanaand, kom daar 'n geluid uit die kombuis.

Los caballeros ya habían terminado su cena.

Die here het reeds hul aandete klaargemaak.

El caballero del medio había comenzado a leer un periódico.

Die middelste heer het begin om 'n koerant te lees.

Les había dado a los otros dos caballeros una hoja a cada uno.

Hy het vir die ander twee here elk 'n laken gegee.

Y ahora estaban recostados, leyendo y fumando.

En nou het hulle agteroor geleun en gelees en gerook.

Cuando el violín empezó a sonar, se pusieron atentos.

Toe die viool begin speel, het hulle aandagtig geword.

Se levantaron y caminaron de puntillas hacia la puerta de la antesala.

Hulle het opgestaan en op hul tone na die voorkamerdeur geloop.

Allí estaban, acurrucados juntos, escuchando desde la puerta.

Hier het hulle saamgedrom en by die deur geluister.

La familia debió haber escuchado a los hombres desde la cocina.

Die familie moes die mans van in die kombuis gehoor het.

Porque el padre los llamó y les preguntó;

Omdat die vader na hulle geroep en hulle gevra het;

¿Acaso el violín resulta incómodo para los caballeros?

"Is die viool dalk ongemaklik vir die here?"

"Si no te gusta la música podemos parar inmediatamente."

"As jy nie van die musiek hou nie, kan ons dadelik ophou."

"Al contrario", dijo el centro de los caballeros.

"Inteendeel," het die middelste van die here gesê.

"¿Le gustaría a la señorita tocar el violín en nuestra habitación?"

"Wil die jong dame graag viool in ons kamer speel?"

"Definitivamente es mucho más cómodo y acogedor aquí".

"Dit is beslis baie meer gemaklik en knus hier."

El padre respondió como si fuera el propio violinista.

Die pa het geantwoord asof hy self die violis was.

"Oh, por favor, eso sería maravilloso", exclamó el padre.

"Ag asseblief, dit sou wonderlik wees," het die pa uitgeroep.

Los caballeros regresaron a la sala de estar y esperaron.

Die here het na die sitkamer teruggekeer en gewag.

Pronto el padre entró en la habitación con el atril.

Gou het die pa met die musiekstaander die kamer binnegekom.

La madre entró en la habitación con el libro de música.

Die ma het met die musiekboek die kamer binnegekom.

Y la hermana entró en la habitación con el violín.

En die suster het met die viool die kamer binnegekom.

Ella preparó todo con calma para tocar el violín.

Sy het kalm alles voorberei om viool te speel.

Los padres exageraron su cortesía y modales.

Die ouers het hul beleefdheid en maniere oordryf.

Nunca antes habían alquilado habitaciones a huéspedes.

Hulle het nog nooit tevore kamers aan loseerders verhuur nie.
Y ni siquiera se atrevieron a sentarse en sus propias sillas.
En hulle het nie eens gewaag om op hul eie stoele te sit nie.
En lugar de sentarse, el padre se apoyó contra la puerta.
In plaas van om te sit, het die pa teen die deur geleun.
Su mano derecha estaba entre dos botones de su abrigo.
Sy regterhand was tussen twee knope van sy jas.
Sin embargo, un caballero le ofreció una silla a la madre.
Die moeder is egter deur 'n heer 'n stoel aangebied.
Pero ella se sentó donde el caballero había colocado la silla.
Maar sy het gesit waar die heer die stoel neergesit het.
Y no había colocado la silla en ningún lugar determinado.
En hy het die stoel nêrens spesifiek geplaas nie.
Así que la madre se sentó apartada de todos, en un rincón.
So het die moeder apart van almal in 'n hoekie gesit.
Y finalmente la hermana empezó a tocar el violín.
En uiteindelik het die suster begin viool speel.
Los padres, en lados opuestos, prestaron mucha atención.
Die ouers, aan teenoorgestelde kante, het noukeurig aandag
gegee.
Y observaban atentamente cada movimiento de su mano.
En hulle het elke beweging van haar hand noukeurig
dopgehou.
**Gregor también se sentía atraído por la interpretación del
violín.**
Gregor was ook aangetrokke deur die speel van die viool.
Y se aventuró a salir de su habitación un poco más lejos.
En hy het 'n entjie verder uit sy kamer gewaag.
Él ya estaba con la cabeza dentro de la sala.
Hy was reeds met sy kop binne-in die sitkamer.
Solía enorgullecerse de ser muy considerado.
Hy was baie trots daarop om baie bedagsaam te wees.
Pero últimamente casi no cuestiona su falta de cuidado.
Maar onlangs het hy skaars sy gebrek aan sorg bevraagteken.
Aunque ahora tenía más motivos para esconderse que antes.
Al het hy nou meer rede gehad om weg te kruip as voorheen.

Porque su habitación estaba cubierta de polvo y suciedad diversa.

Omdat sy kamer bedek was met stof en verskillende vuiligheid.

El más leve movimiento levantaba todo tipo de suciedad.

Die geringste beweging het allerhande vuiligheid opgewaai.

Toda esa suciedad se le pegó: polvo, pelo, restos de comida.

Al hierdie vuiligheid het aan hom vasgeklou; stof, hare, kos het oorgebly.

Podría haber frotado la suciedad contra la alfombra.

Hy kon die vuilgoed teen die mat afgevryf het.

Esto era algo que solía hacer varias veces al día.

Dit was iets wat hy verskeie kere per dag gedoen het.

Pero su indiferencia hacia todo era demasiado grande.

Maar sy onverskilligheid teenoor alles was veel te groot.

Así que no tuvo miedo de avanzar un poco más.

Hy was dus nie bang om 'n bietjie verder vorentoe te beweeg nie.

Y se trasladó al inmaculado suelo de la sala de estar.

En hy het na die sitkamer se onberispelike vloer beweeg.

Sin embargo, nadie se dio cuenta ni le prestó atención.

Niemand het hom egter opgemerk of aandag aan hom geskenk nie.

La familia estaba completamente absorta en el concierto.

Die familie was heeltemal verdiep in die konsert.

Los caballeros, por el contrario, inicialmente se retiraron.

Die here, aan die ander kant, het aanvanklik teruggetrek.

Y se quedaron cerca, detrás del atril de la hermana.

En hulle het dig agter die suster se musiekstaander gestaan.

Si hubieran mirado habrían podido ver las notas musicales.

As hulle gekyk het, kon hulle die musieknote gesien het.

Esto, por supuesto, habría perturbado a la hermana.

Dit sou natuurlik die suster ontstel het.

Luego se quedaron de pie junto a la ventana, en lugar de sentarse.

Toe het hulle by die venster gestaan, eerder as om te sit.

Con las manos en los bolsillos seguían hablando.

Met hulle hande in hulle sakke het hulle aanhou praat.

Permanecieron allí mientras el padre observaba ansiosamente.

Hulle het daar gebly terwyl die pa angstig toegekyk het.

Uno tenía la impresión de que tenían otras expectativas.

'n Mens het die indruk gekry dat hulle ander verwagtinge gehad het.

Y realmente parecía como si se hubieran decepcionado.

En dit het regtig gelyk asof hulle teleurgesteld was.

Parecía que ya estaban hartos de la actuación.

Dit het gelyk asof hulle genoeg van die prestasie gehad het.

Habían permitido que el violín perturbara su paz.

Hulle het toegelaat dat die viool hulle rus versteur.

Y sólo toleraban la música por cortesía.

En hulle het die musiek slegs uit beleefdheid geduld.

Lo que más me desconcertó fue cómo expulsaron el humo.

Hoe hulle die rook weggewaai het, was veral ontstellend.

Y aún así, tocaba el violín maravillosamente.

En tog het sy so pragtig viool gespeel.

Su rostro estaba inclinado suavemente hacia un lado, sobre el violín.

Haar gesig was saggies na die kant gekantel, op die viool.

Sus ojos buscaban con tristeza las líneas musicales.

Haar oë het hartseer langs die musieklyne gesoek.

Gregor se sintió atraído un poco más hacia la sala de estar.

Gregor het 'n bietjie meer die sitkamer ingetrek gevoel.

Mantuvo la cabeza cerca del suelo, pero miró hacia arriba.

Hy het sy kop naby die grond gehou, maar opwaarts gekyk.

Tal vez de esta manera la mirada de su hermana podría encontrarse con la suya.

Miskien sal sy suster se blik só sy oë ontmoet.

¿Puede realmente decirse que era sólo un animal?

Kan daar werklik gesê word dat hy net 'n dier was?

¿Era un animal si la música podía cautivarlo tanto?

Was hy 'n dier as musiek hom so kon boei?

Sintió como si le mostraran un camino hacia una alimentación desconocida.

Hy het gevoel asof hy 'n pad na onbekende voeding gewys is.
Quizás éste era el sustento que le faltaba.
Miskien was dít die voeding wat hy kortgekom het.
Estaba decidido a dirigirse hacia su hermana.
Hy was vasbeslote om sy pad na sy suster te vind.
Quería tirar de su falda para llamar su atención.
Hy wou aan haar rok trek om haar aandag te trek.
Quería darle una indicación de una invitación.
Hy wou haar 'n aanduiding gee van 'n uitnodiging.
"Ven a tocar el violín en mi habitación", quiso decir.
"Kom speel viool in my kamer," wou hy sê.
Él quería que ella fuera recompensada por su hermosa música.
Hy wou hê sy moes beloon word vir haar pragtige musiek.
"Aquí nadie te recompensa por tocar el violín".
"Niemand hier beloon jou vir die speel van die viool nie."
Él ya no quería dejarla salir de su habitación.
Hy wou haar nie meer uit sy kamer laat nie.
Él quería que ella permaneciera con él mientras viviera.
Hy wou hê sy moes so lank as wat hy leef by hom bly.
Por primera vez su transformación tuvo un beneficio.
Vir die eerste keer het sy transformasie 'n voordeel gehad.
Su deformidad finalmente iba a serle útil.
Sy misvorming sou uiteindelik vir hom nuttig word.
Quería estar en las cuatro puertas simultáneamente.
Hy wou gelyktydig by al vier deure wees.
Quería silbarles y escupirles desde todos los ángulos.
Hy wou van alle kante af sis en na hulle spoeg.
Su hermana no debería verse obligada a quedarse con él.
Sy suster moenie gedwing word om by hom te bly nie.
Él quería que ella eligiera quedarse con él voluntariamente.
Hy wou hê sy moes vrywillig kies om by hom te bly.
Ella iba a sentarse a su lado e inclinarse hacia él.
Sy wou langs hom sit en na hom toe leun.
Y le iba a contar sobre la escuela de música.
En hy wou haar van die musiekskool vertel.
Tenía la firme intención de enviarla a la academia.

Hy het die vaste voorneme gehad om haar na die akademie te stuur.

Se lo habría contado a todo el mundo la pasada Navidad.

Hy sou almal hiervan verlede Kersfees vertel het.

¿Ya había llegado y pasado realmente la Navidad?

Het Kersfees werklik al weer gekom en gegaan?

Y no habría dejado que nadie le disuadiera de ello.

En hy sou nie toegelaat het dat enigiemand hom daarvan afskrik nie.

Pero entonces el desafortunado accidente lo detuvo todo.

Maar toe het die ongelukkige ongeluk alles tot stilstand gebring.

La hermana se habría sentido abrumada por la emoción.

Die suster sou oorweldig gewees het deur emosie.

Y entonces Gregor se habría subido hasta su hombro.

En dan sou Gregor tot op haar skouer geklim het.

Y la habría consolado besándole el cuello.

En hy sou haar getroos het deur haar nek te soen.

—¡Señor Samsa! —gritó el hombre del medio al padre.

"Meneer Samsa!" het die man in die middel na die pa geroep.

Señalaba con su dedo índice hacia Gregor.

Hy het met sy wysvinger na Gregor gewys.

Gregor se movía lentamente por el suelo de la sala de estar.

Gregor het stadig oor die sitkamervloer beweeg.

El sonido del violín se silenció muy rápidamente.

Die vioolspel het baie vinnig stil geword.

El del medio de los tres hombres sonrió a sus amigos.

Die middelste van die drie mans het vir sy vriende geglimlag.

Luego meneó la cabeza y volvió a mirar a Gregor.

Toe skud hy sy kop en kyk terug na Gregor.

El padre podría haber obligado a Gregor a regresar a su habitación.

Die pa kon Gregor terug na sy kamer gedwing het.

Pero esa no fue la primera acción que decidió tomar.

Maar dit was nie die eerste aksie waarop hy besluit het nie.

Pensó que era más importante calmar a los caballeros.

Hy het gedink dit was belangriker om die here te kalmeer.

Aunque en realidad no estaban molestos en absoluto por Gregor.

Alhoewel hulle glad nie regtig ontsteld was deur Gregor nie.

Gregor parecía más entretenido que tocar el violín.

Gregor het meer vermaaklik gelyk as die vioolspel.

Corrió hacia ellos con los brazos extendidos.

Hy het met uitgestrekte arms na hulle toe gehardloop.

Estaba intentando hacer lo mejor que podía para ocultar su visión de Gregor.

Hy het sy bes probeer om hulle siening van Gregor te bedek.

Y trató de animarlos a regresar a su habitación.

En hy het probeer om hulle terug in hul kamer aan te moedig.

En realidad, esto los hizo enfadar un poco.

As enigiets, het dit hulle eintlik 'n bietjie geïrriteerd gemaak.

Pero era difícil decir exactamente qué les molestaba.

Maar dit was moeilik om te sê presies wat hulle gepla het.

El padre estaba arruinando la diversión de la noche.

Die pa het die vermaak van die aand bederf.

Pero también acababan de enterarse de su nuevo compañero de piso.

Maar hulle het ook pas van hul nuwe woonstelmaat gehoor.

Levantaron las manos tal como lo había hecho el padre.

Hulle het hulle hande opgesteek net soos die pa gedoen het.

Exigieron una explicación inmediata al padre.

Hulle het 'n onmiddellike verduideliking van die pa geëis.

Se tiraron inquietos de la barba esperando una respuesta.

Hulle het rusteloos aan hul baarde getrek vir 'n antwoord.

Y retrocedieron hasta su habitación, pero muy lentamente.

En hulle het agteruit na hul kamer beweeg, maar baie stadig.

La interrupción había dejado a la hermana en trance.

Die onderbreking het die suster in 'n beswyming gebring.

Dejó que el violín y el arco colgaran a su lado.

Sy het die viool en die strykstok langs haar sye laat hang.

Y ella miraba la partitura como si todavía estuviera tocando.

En sy het na die bladmusiek gekyk asof sy nog speel.

Pero de repente ella regresó a la habitación.

Maar toe trek sy haarself skielik terug die kamer in.

Y ahora había superado el sentimiento de estar perdida.
En sy het nou die gevoel van verlorenheid oorkom.
Ella colocó el instrumento musical en el regazo de su madre.
Sy het die musiekinstrument op haar ma se skoot neergesit.
La madre estaba sentada en la silla, respirando con dificultad.
Die ma het in die stoel gesit en swaar asemgehaal.
Y entonces la hermana tuvo que correr a la habitación de al lado.
En toe moes die suster na die volgende kamer hardloop.
Tenía que dejar todo listo para los caballeros.
Sy moes alles gereed kry vir die here.
Ella arrojó las mantas y los cojines al aire.
Sy het die komberse en kussings in die lug opgegooi.
Y con sus manos expertas dispuso toda la ropa de cama.
En met haar vaardige hande het sy al die beddegoed gerangskik.
Terminó antes de que los caballeros llegaran a la habitación.
Sy was klaar voordat die here die kamer bereik het.
Y ella se escabulló antes de interponerse en su camino.
En sy het uitgeglip voordat sy in hulle pad gekom het.
El padre parecía estar dominado por su propia terquedad.
Dit het gelyk of die pa deur sy eie koppigheid in die greep was.
Y así olvidó todo respeto que debía a sus inquilinos.
En so het hy al die respek vergeet wat hy aan sy huurders verskuldig was.
Empujó y empujó hasta que su portavoz se opuso.
Hy het gedruk en gedruk totdat hul woordvoerder beswaar gemaak het.
Al llegar a la puerta, dio una patada furiosa.
Hy het woedend met sy voet gestamp toe hy by die deur kom.
Y con esto logró detener al padre.
En daardeur het hy die vader tot stilstand gebring.
"Por la presente declaro", comenzó dirigiéndose a su propietario.
"Ek verklaar hiermee," het hy sy huisheer begin aanspreek.

Y levantó la mano, mirando a toda la familia.

En hy het sy hand opgesteek en na die hele familie gekyk.

"En cuanto a las repugnantes condiciones de la habitación;"

"Met betrekking tot die walglike toestande van die kamer;"

Y se aseguró de que todos escucharan sus palabras.

En hy het seker gemaak dat almal na sy woorde luister.

"Por la presente, le comunico que desocuparé mi habitación".

"Ek gee hiermee kennis dat ek my kamer sal ontruim."

Y reiteró su punto escupiendo en el suelo.

En hy het sy punt verder gemaak deur op die grond te spoeg.

"Tampoco pagaré por los días que he vivido aquí."

"Ek sal ook nie betaal vir die dae wat ek hier gewoon het nie."

Sin embargo, no estaba completamente satisfecho con este reembolso.

Hy was egter nie heeltemal tevrede met hierdie terugbetaling nie.

"Y consideraré hacer otras demandas contra usted."

"En ek sal oorweeg om ander eise teen jou te stel."

Créeme, tales exigencias serán muy fáciles de justificar.

"Glo my, sulke eise sal baie maklik wees om te regverdig."

Él permaneció en silencio y miró directamente al padre.

Hy was stil en het reguit vorentoe na die pa gekyk.

Parecía estar esperando que sucediera algo más.

Hy het gelyk of hy verwag het dat iets meer sou gebeur.

De hecho, sus dos amigos inmediatamente tuvieron la misma idea.

Trouens, sy twee vriende het dadelik dieselfde idee gehad.

"También estamos cancelando nuestras habitaciones", dijeron al unísono.

"Ons kanselleer ook ons kamers," het hulle in koor gesê.

Luego agarró la manija de la puerta y cerró la puerta.

Toe gryp hy die deurhandvatsel en maak die deur toe.

Y con un fuerte estruendo se encerraron en su habitación.

En met 'n harde slag het hulle hulself in hul kamer toegesluit.

El padre se tambaleó hasta su silla con manos torpes.

Die pa het met tasende hande na sy stoel gestruikel.

Y se dejó caer en la silla, derrotado.

En hy het homself verslaan in die stoel laat val.
Parecía como si fuera a echar su siesta vespertina habitual.
Dit het gelyk asof hy sy gewone aandslapie gaan doen.
Pero su cabeza asintió casi como si no tuviera apoyo.
Maar sy kop het geknik amper asof dit nie ondersteun word
nie.
Y se podía ver que no estaba durmiendo en absoluto.
En dit kon gesien word dat hy glad nie geslaap het nie.
**Durante todo este tiempo Gregor no se había movido de su
sitio.**
Deur dit alles het Gregor nie van sy plek af beweeg nie.
**Todavía estaba donde los caballeros lo habían visto por
primera vez.**
Hy was steeds waar die here hom die eerste keer gesien het.
Incluso si hubiera querido moverse, le resultó imposible.
Selfs al wou hy trek, het hy dit onmoontlik gevind.
Por su decepción, o por su hambre.
As gevolg van sy teleurstelling, of as gevolg van sy honger.
Estaba decepcionado por el fracaso de su plan.
Hy was teleurgesteld oor die mislukking van sy plan.
Y estaba débil por el hambre prolongada que sentía.
En hy was swak van die langdurige honger wat hy gevoel het.
**Estaba seguro de que en cualquier momento todos se
volverían contra él.**
Hy was seker almal sou enige oomblik teen hom draai.
Con esta expectativa de colapso inminente, esperó.
Met hierdie verwagting van dreigende ineenstorting het hy
gewag.
El violín empezó a deslizarse del regazo de la madre.
Die viool het van die ma se skoot begin afgly.
Con un sonido resonante el violín cayó al suelo.
Met 'n dawerende geluid het die viool op die grond geval.
**Pero ni siquiera ese repentino ruido estrepitoso lo
sobresaltó.**
Maar selfs hierdie skielike gekraakgeluid het hom nie laat
skrik nie.

«Queridos padres», dijo la hermana, «esto no puede continuar».

"Liewe ouers," het die suster gesê, "dit kan nie aangaan nie."

Y golpeó la mesa con la mano para dejar claro su punto.

En sy het haar hand op die tafel geslaan om haar punt te maak.

"No diré el nombre de mi hermano delante de este monstruo".

"Ek sal nie my broer se naam voor hierdie monster sê nie."

"Por eso lo digo lo más claramente posible:"

"Daarom sê ek dit so botweg as moontlik:"

"No tenemos otra opción que deshacernos de este animal".

"Ons het geen ander keuse as om van hierdie dier ontslae te raak nie."

"Hicimos lo mejor que pudimos para tolerar y cuidar a este animal".

"Ons het ons bes gedoen om hierdie dier te verdra en te versorg."

"No creo que nadie pueda culparnos en lo más mínimo".

"Ek dink nie enigiemand kan ons enigsins blameer nie."

"Tiene mil veces razón", asintió el padre.

"Sy is duisend keer reg," het die pa saamgestem.

La madre aún no había recuperado del todo el aliento.

Die ma het nog nie heeltemal haar asem herwin nie.

Ella empezó a toser sordamente en su mano, respirando con dificultad.

Sy het dof in haar hand begin hoes en swaar asemgehaal.

Y una expresión de locura comenzó a surgir en sus ojos.

En 'n waansinnige uitdrukking het in haar oë begin verskyn.

La hermana corrió hacia su madre y le sujetó la frente.

Die suster het na haar ma gehardloop en haar voorkop vasgehou.

El padre pareció inspirarse en las palabras de la hermana.

Dit het gelyk of die pa deur die suster se woorde geïnspireer was.

Y sus pensamientos parecían ser más claros que antes.

En sy gedagtes het duideliker gelyk as voorheen.

Dejó de asentir con la cabeza y volvió a sentarse derecho.
Hy het opgehou om sy kop te knik en weer regop gesit.
Y jugaba con la gorra de sirviente, sumido en sus pensamientos.
En hy het met sy dienaar se pet gespeel, diep in gedagte.
Los platos de los inquilinos todavía estaban sobre la mesa.
Die borde van die huurders was steeds op die tafel.
Y a veces miraba hacia el silencioso Gregor.
En hy het soms na die stil Gregor gekyk.
"Tenemos que intentar deshacernos de él", le dijo la hermana.
"Ons moet probeer om daarvan ontslae te raak," het die suster vir hom gesê.
La madre estaba demasiado ocupada tosiendo como para escuchar.
Die moeder was te besig met hoes om te luister.
"Los matará a ambos, ya lo veo venir."
"Dit sal julle albei doodmaak, ek kan dit reeds sien kom."
"No podemos seguir trabajando tan duro como lo hacemos todos."
"Ons kan nie almal so hard aanhou werk soos ons doen nie."
"Y cada día tenemos que volver a casa y encontrarnos con esta tortura."
"En elke dag moet ons huis toe kom na hierdie marteling."
"No podemos soportarlo más. No puedo soportarlo."
"Ons kan dit nie meer verduur nie. Ek kan dit nie meer verduur nie."
Ella cayó ante su madre en un último estallido de lágrimas.
Sy het in 'n laaste uitbarsting van trane voor haar ma neergeval.
Las lágrimas cayeron por su rostro y sobre el de su madre.
Die trane het oor haar gesig en op haar ma s'n gerol.
Y se secó las lágrimas con un movimiento mecánico.
En sy het die trane in 'n meganiese beweging afgevee.
"Hijo mío", dijo el padre con voz compasiva.
"My kind," het die pa met 'n deernisvolle stem gesê.
Había profunda simpatía y comprensión en su voz.

Daar was diep simpatie en begrip in sy stem.

«Pero ¿qué debemos hacer?», confesó no saberlo.

"Maar wat moet ons doen?" het hy erken dat hy nie weet nie.

La hermana simplemente se encogió de hombros con impotencia.

Die suster het net haar skouers in hulpeloosheid opgetrek.

Y su confianza anterior fue reemplazada nuevamente por lágrimas.

En haar vroeëre selfvertroue is weer deur trane vervang.

«Si nos entendiera», dijo el padre en voz alta.

"As hy ons maar net verstaan het," het die pa hardop gesê.

Y se preguntó si tal vez Gregor entendía.

En hy het half gewonder of Gregor dit dalk verstaan het.

La hermana simplemente sacudió su mano violentamente mientras lloraba.

Die suster het net haar hand hewig geskud terwyl sy gehuil het.

Y entonces ella señaló que no se debía pensar en esa idea.

En so het sy aangedui dat daar nie aan die idee gedink moet word nie.

«¡Si nos comprendiera!», repitió el padre.

"Maar as hy ons net verstaan het," het die pa herhaal.

Cerrando los ojos consideró la respuesta de la hermana.

Deur sy oë toe te maak, het hy die suster se antwoord oorweeg.

"Si lo entendiera se podría llegar a un acuerdo con él."

"As hy verstaan het, kan 'n ooreenkoms met hom gesluit word."

"Pero estando las cosas como están..."

"Maar aangesien dinge is soos hulle is..."

"Tiene que irse", gritó la hermana, "es la única manera".

"Dit moet gaan," het die suster uitgeroep, "dis die enigste manier."

"Tienes que deshacerte de la idea de que es Gregor".

"Jy moet ontslae raak van die gedagte dat dit Gregor is."

"Que lo hayamos creído durante tanto tiempo es nuestra verdadera desgracia."

"Dat ons dit so lank geglo het, is ons ware ongeluk."
«¿Pero cómo puede ser Gregor?», le preguntó a su padre.
"Maar hoe kan dit Gregor wees?" het sy haar pa gevra.
"Sabía que un animal así no podía coexistir con los humanos".
"Hy het geweet so 'n dier kan nie met mense saamleef nie."
Gregor nos habría abandonado hace mucho tiempo, voluntariamente.
"Gregor sou ons lankal vrywillig verlaat het."
"Es cierto, entonces no tendríamos ningún hermano."
"Dis waar, dan sou ons geen broer hê nie."
"Pero podríamos seguir viviendo y honrar su memoria".
"Maar ons kan voortgaan om te leef en sy nagedagtenis te eer."
"Pero esta bestia nos persigue y ahuyenta a nuestros labradores."
"Maar hierdie dier agtervolg ons en dryf ons huurders weg."
"Es evidente que quiere apoderarse de todo el apartamento".
"Dit wil klaarblyklik die hele woonstel oorneem."
"Esta bestia quiere hacernos dormir en la calle."
"Hierdie dier wil ons in die straat laat slaap."
«Mira, padre», gritó de repente, «¡se mueve otra vez!»
"Kyk, pa," het sy skielik uitgeroep, "hy beweeg weer!"
E hizo algo que ni siquiera Gregor pudo entender.
En sy het iets gedoen wat selfs Gregor nie kon verstaan nie.
Ella se apartó, como sacrificando a la madre.
Sy het haarself weggestoot, asof sy die moeder opoffer.
Y ella corrió detrás de su padre buscando algún tipo de seguridad.
En sy het agter haar pa gehardloop vir 'n soort veiligheid.
El padre estaba agitado únicamente porque su hija lo estaba.
Die pa was net ontsteld omdat sy dogter was.
Pero entonces él también se levantó y levantó los brazos sobre ella.
Maar toe het hy ook opgestaan, en sy arms oor haar gelig.
Pero Gregor no tenía intención de asustar a nadie.
Maar Gregor het geen voorneme gehad om enigiemand bang te maak nie.

Sobre todo no pensó en asustar a su hermana.

Hy het veral geen gedagtes gehad om sy suster bang te maak nie.

Él sólo estaba intentando regresar a su habitación.

Hy het net probeer om terug te draai na sy kamer.

Pero dado que su estado estaba empeorando, incluso esto era difícil.

Maar in sy verslegtende toestand was selfs dit moeilik.

Y ya no tenía pleno uso de todas sus piernas.

En hy het nie meer die volle gebruik van al sy bene gehad nie.

Entonces usó su cabeza para levantar su cuerpo y girar.

So het hy sy kop gebruik om sy lyf op te lig en homself te draai.

Hizo una pausa y miró a su alrededor esperando la aprobación de la familia.

Hy het stilgehou en rondgekyk vir die familie se goedkeuring.

Su buena intención parecía haber sido reconocida.

Sy goeie bedoeling blyk erken te gewees het.

Su movimiento sólo había sido un shock momentáneo para ellos.

Sy beweging was slegs 'n oombliklike skok vir hulle.

Ahora todos lo miraban en un silencio infeliz.

Nou het hulle almal in ongelukkige stilte na hom gekyk.

La madre seguía tumbada en el sillón, exhausta.

Die ma het nog steeds uitgeput in die leunstoel gelê.

El padre y la hermana estaban sentados uno al lado del otro.

Die pa en suster het langs mekaar gesit.

«Quizás ahora me dejen dar la vuelta», pensó Gregor.

"Miskien sal hulle my nou laat omdraai," het Gregor gedink.

Y continuó haciendo su torpe movimiento de giro.

En hy het voortgegaan om sy ongemaklike draaibeweging te maak.

No podía reprimir los jadeos ocasionales de esfuerzo.

Hy kon die af en toe asemteue van inspanning nie onderdruk nie.

Y se vio obligado a descansar un par de veces entre uno y otro.

En hy was gedwing om 'n paar keer tussenin te rus.

Ya nadie le obligaba a apresurarse; la decisión estaba en sus manos.

Niemand het hom nou laat jaag nie; dit was aan hom oorgelaat.

Al final completó el giro lento y doloroso.

Uiteindelik het hy die stadige en pynlike draai voltooi.

Inmediatamente comenzó a caminar directamente de regreso a su habitación.

Hy het dadelik begin om reguit terug na sy kamer te stap.

Se sorprendió de lo lejos que estaba de su habitación.

Hy was verbaas oor hoe ver hy van sy kamer af was.

¿Cómo, a pesar de su debilidad, había llegado allí antes?

Hoe, ten spyte van sy swakheid, het hy voorheen daar gekom?

Había recorrido casi el mismo camino sin darse cuenta.

Hy het amper dieselfde pad gereis sonder om dit agter te kom.

Ahora él sólo se concentró en gatear tan rápido como podía.

Hy het net gekonsentreer om so vinnig as moontlik te kruip.

La falta de comentarios por parte de alguien no le inquietó.

Die gebrek aan kommentaar van enigiemand het hom nie gepla nie.

Sólo cuando ya estaba en la puerta giró la cabeza.

Eers toe hy reeds in die deur was, het hy sy kop gedraai.

Pero no pudo darse la vuelta para mirar hacia atrás por completo.

Maar hy kon nie omdraai om heeltemal terug te kyk nie.

Porque sintió que su cuello se ponía aún más rígido al girarse.

Want hy het gevoel hoe sy nek nog styfder word toe hy omdraai.

Pero vio que de todas formas nada había cambiado detrás de él.

Maar hy het gesien dat niks agter hom in elk geval verander het nie.

La única diferencia fue que su hermana se puso de pie.

Die enigste verskil was dat sy suster opgestaan het.

Su última mirada mostró que su madre se había quedado dormida.

Sy laaste blik het gewys dat sy ma aan die slaap geraak het.

Tan pronto como estuvo dentro de su habitación la puerta se cerró.

Sodra hy in sy kamer was, is die deur toegemaak.

Y tan pronto como la puerta se cerró, el cerrojo quedó bloqueado.

En sodra die deur toegemaak is, is die wapen gesluit.

Gregor se asustó por el ruido inesperado que se oía detrás.

Gregor was bang vir die onverwagte geraas agter hom.

Y sus piernas se doblaron bajo él por la repentina sorpresa.

En sy bene het onder hom geknak van die skielike verbasing.

Fue la hermana quien corrió hacia la puerta detrás de él.

Dit was die suster wat agter hom na die deur gehardloop het.

Ella ya se encontraba allí de pie, esperándolo.

Sy het reeds daar regop gestaan en vir hom gewag.

Luego saltó hacia delante ligeramente sin que Gregor la oyera.

Sy het toe liggies vorentoe gespring sonder dat Gregor haar hoor.

"¡Por fin!" gritó en voz alta mientras giraba la llave.

"Uiteindelik!" roep sy hardop terwyl sy die sleutel draai.

"¿Y ahora qué?", se preguntó Gregor, solo en la oscuridad.

"Wat nou," het Gregor homself gevra, alleen in die donker.

Pronto descubrió que ya no podía moverse en absoluto.

Hy het gou ontdek dat hy glad nie meer kon beweeg nie.

Pero no le sorprendió realmente su inmovilidad.

Maar hy was nie regtig verbaas oor sy onbeweeglikheid nie.

Poder moverse con piernas tan delgadas parecía ridículo.

Om op sulke dun bene te kan beweeg, het belaglik gelyk.

No sabía cómo había sido capaz de hacerlo.

Hy het nie geweet hoe hy dit ooit kon doen nie.

Pero aparte de eso se sentía relativamente cómodo.

Maar afgesien daarvan het hy relatief gemaklik gevoel.

Es cierto que sentía un dolor profundo en todo el cuerpo.

Dit is waar dat hy diep pyn deur sy hele liggaam gevoel het.

Pero el dolor parecía hacerse cada vez más débil.
Maar die pyn het gelyk of dit al hoe swakker en swakker
geword het.
Y sintió que el dolor eventualmente desaparecería.
En hy het gevoel asof die pyn uiteindelik sou verdwyn.
Ya casi no sentía la manzana podrida en su espalda.
Hy het skaars meer die vrot appel in sy rug gevoel.
Pensó en su familia con emoción y amor.
Hy het met emosie en liefde aan sy familie teruggedink.
**Sintió las emociones de su hermana incluso más que ella
misma.**
Hy het sy suster se emosies selfs meer gevoel as sy.
Ella tenía razón en lo que había dicho: él tenía que irse.
Sy was reg met wat sy gesê het; hy moes weggaan.
Pasó algún tiempo en ese estado vacío y pacífico.
Hy het 'n rukkie in hierdie leë en vreedsame toestand
deurgebring.
El reloj dio tres veces, silenciosamente, pero con firmeza.
Die klok het drie keer geslaan, saggies, maar ferm.
Gregor fue sacado suavemente de sus meditaciones.
Gregor is saggies uit sy gedagtes getrek.
**Observó cómo la luz de la mañana entraba lentamente en su
habitación.**
Hy het gekyk hoe die oggendlig stadig sy kamer binnekom.
Entonces su cabeza se hundió por completo, sin su voluntad.
Toe het sy kop heeltemal ineengesak, sonder sy wil.
Y su último aliento fluyó débilmente de su nariz.
En sy laaste asem het swak uit sy neusgate gevloei.

La criada entró en su habitación temprano en la mañana.
Die bediende het vroegoggend sy kamer binnegekom.
No encontró nada inusual durante su corta visita habitual.
Sy het niks ongewoons gevind tydens haar gewone kort
besoek nie.
Con fuerza y prisa cerró de golpe todas las puertas.
Uit krag en haastigheid het sy al die deure toegeslaan.
No fue posible dormir tranquilo en todo el apartamento.

Geen rustige slaap was in die hele woonstel moontlik nie.

Le habían pedido que evitara hacer esto por la mañana.

Sy is gevra om dit nie in die oggend te doen nie.

Ella pensó que él yacía allí inmóvil a propósito.

Sy het gedink hy lê daar so bewegingloos met opset.

Quizás quería demostrarle que estaba ofendido.

Miskien wou hy haar wys dat hy aanstoot geneem het.

Ella confiaba en que él tenía todo tipo de inteligencia.

Sy het hom vertrou dat hy allerhande intelligensie sou hê.

Ella sostenía por casualidad la escoba larga en su mano.

Sy het toevallig die lang besem in haar hand gehou.

Entonces, desde la puerta, intentó hacerle un poco de cosquillas a Gregor.

So, van die deur af, het sy probeer om Gregor 'n bietjie te kielie.

Ella estaba un poco molesta porque él no respondió en absoluto.

Sy was effens geïrriteerd dat hy glad nie gereageer het nie.

Así que esta vez lo empujó un poco más firmemente.

So het sy hom hierdie keer 'n bietjie stewiger gedruk.

Cuando él no ofreció resistencia, ella lo miró más de cerca.

Toe hy geen weerstand toon nie, het sy hom van nader bekyk.

Pronto se dio cuenta de lo que realmente le había sucedido a Gregor.

Sy het gou besef wat werklik met Gregor gebeur het.

Abrió más los ojos y silbó para sí misma.

Sy het haar oë wyd oopgemaak en vir haarself gefluit.

Pero no perdió mucho tiempo antes de abrir la puerta.

Maar sy het nie veel tyd gemors voordat sy die deur oopgemaak het nie.

Y clamó a gran voz en la oscuridad:

En sy het met 'n harde stem in die donkerte uitgeroep:

"Ven a echarle un vistazo, ahí está, completamente muerto."

"Kom kyk gerus, daar lê dit, heeltemal dood."

Los dos padres estaban sentados erguidos en el lecho conyugal.

Die twee ouers het regop in hul huweliksbed gesit.

Primero tuvieron que superar el impacto del ruido.

Eers moes hulle die skok van die geraas oorkom.

Pero poco a poco empezaron a comprender su mensaje.

Maar toe het hulle stadig maar seker haar boodskap begin begryp.

El señor y la señora Samsa saltaron cada uno de su lado de la cama.

Mnr. en mev. Samsa het elkeen uit hul kant van die bed gespring.

El señor Samsa se echó la gruesa manta sobre los hombros.

Mnr. Samsa het die dik kombers oor sy skouers gegooi.

Y la señora Samsa salió sin nada más que su camisón.

En mev. Samsa het uitgekom in niks anders as haar nagrok nie.

Y así entraron en la habitación de Gregor.

En so het hulle Gregor se kamer binnegekom.

Mientras tanto, la puerta de la sala de estar también se había abierto.

Intussen het die deur na die sitkamer ook oopgegaan.

Grete había dormido allí desde que los inquilinos se mudaron.

Grete het daar geslaap vandat die huurders ingetrek het.

Estaba completamente vestida como si no hubiera dormido en absoluto.

Sy was volledig aangetrek asof sy glad nie geslaap het nie.

Su rostro pálido también parecía demostrar su falta de sueño.

Haar bleek gesig het ook haar gebrek aan slaap bewys.

"¿Está muerto?" preguntó la señora Samsa, mirando a la criada.

"Is hy dood?" vra mev. Samsa terwyl sy na die bediende kyk.

Ella podría haberlo confirmado mirándolo ella misma.

Sy kon dit bevestig het deur self na hom te kyk.

"Creo que sí", dijo la criada cogiendo la escoba.

"Ek dink so," sê die bediende terwyl sy die besem optel.

Y ella empujó su cuerpo muy lejos por el suelo.

En sy het sy liggaam 'n lang ent oor die vloer gestoot.

La señora Samsa hizo un movimiento como si quisiera detenerla.

Mev. Samsa het 'n beweging gemaak asof sy haar wou keer.

Pero al final dejó que la criada llevara a Gregor de un lado a otro.

Maar uiteindelik het sy die bediende Gregor rondskuif.

—Bueno —dijo el señor Samsa—, por fin podemos dar gracias a Dios.

"Wel," sê mnr. Samsa, "uiteindelik kan ons God dank."

Hizo la señal de la cruz; cabeza, pecho, hombros.

Hy het die teken van die kruis gemaak; kop, bors, skouers.

Y las tres mujeres siguieron su ejemplo religioso.

En die drie vroue het sy godsdienstige voorbeeld gevolg.

Grete, que no apartaba la vista del cadáver, dijo:

Grete, wat nie haar oë van die lyk afgehaal het nie, het gesê;

"Mira qué delgado estaba, hacía tanto tiempo que no comía."

"Kyk hoe maer hy was, hy het so lanklaas geëet."

"La comida que le dejaba cada mañana siempre estaba intacta."

"Die kos wat ek elke oggend vir hom gelos het, was altyd onaangeraak."

De hecho, el cuerpo de Gregor estaba completamente plano y seco.

Trouens, Gregor se liggaam was heeltemal plat en droog.

Esto era más visible ahora que estaba en el suelo.

Dit was nou meer sigbaar noudat hy op die grond was.

Porque su cuerpo ya no era levantado por sus piernas.

Omdat sy liggaam nie meer deur sy bene opgelig kon word nie.

Y porque no había nada más que distrajera la vista.

En omdat daar niks anders was wat die uitsig afgelei het nie.

—Ven un rato con nosotros, Grete —dijo la señora Samsa.

"Kom 'n rukkie saam met ons in, Grete," sê mev. Samsa.

Había una sonrisa dolorosa en sus labios mientras hablaba.

Daar was 'n pynlike glimlag op haar lippe terwyl sy gepraat het.

Grete los siguió, pero también miró hacia el cadáver.

Grete het hulle gevolg, maar ook teruggekyk na die lyk.
La criada cerró la puerta y abrió completamente la ventana.
Die bediende het die deur toegemaak en die venster heeltemal oopgemaak.
Todavía era temprano, por lo que normalmente el aire estaría frío.
Dit was nog vroeg, so die lug sou gewoonlik koud wees.
Pero también había una mezcla de calidez en el aire frío.
Maar daar was ook 'n mengsel van warmte in die koue lug.
Como un suave recordatorio de que ya era finales de marzo.
Soos 'n sagte herinnering dat dit nou die einde van Maart was.
Los tres inquilinos ahora también salieron de su habitación.
Die drie huurders het nou ook uit hul kamer gestap.
Miraron a su alrededor con asombro en busca de su desayuno.
Hulle het verbaas rondgekyk vir hulle ontbyt.
El desayuno fue olvidado por lo que encontró la criada.
Ontbyt is vergeet as gevolg van wat die bediende gevind het.
"¿Dónde está el desayuno?" se quejó el caballero del medio.
"Waar is ontbyt?" het die middelste heer gemor.
La criada se llevó el dedo a la boca para ordenar silencio.
Die bediende het haar vinger aan haar mond gesit om stilte te beveel.
Y ella rápidamente y en silencio saludó a los caballeros.
En sy het haastig en stil vir die here gewaai.
La criada acompañó a los tres caballeros a la habitación.
Die bediende het die drie here die kamer binne gelei.
Y continuó explicándoles lo que había sucedido.
En sy het aangehou om vir hulle te verduidelik wat gebeur het.
Y los tres caballeros estaban alrededor del cadáver de Gregor.
En die drie here het rondom Gregor se lyk gestaan.
Con las manos en los bolsillos miraron hacia abajo.
Met hul hande in hul sakke het hulle afgekyk.
La luz de la mañana ahora había inundado completamente la habitación.

Die oggendlig het die kamer nou heeltemal oorstroom.
Entonces se abrió la puerta del dormitorio y apareció el señor Samsa.
Toe gaan die slaapkamerdeur oop en mnr. Samsa verskyn.
A un lado estaba su esposa y al otro su hija.
Aan die een kant was sy vrou, en aan die ander kant sy dogter.
Para entonces el señor Samsa ya llevaba puesto su uniforme.
Mnr. Samsa het teen hierdie tyd reeds sy uniform aangehad.
Se podía ver que todos habían estado llorando un poco.
'n Mens kon sien dat hulle almal 'n bietjie gehuil het.
Grete presionó su cara contra el brazo de su padre.
Grete het haar gesig teen haar pa se arm gedruk.
"¡Sal de mi apartamento inmediatamente!" ordenó el señor Samsa.
"Verlaat my woonstel onmiddellik!" het mnr. Samsa beveel.
Y señaló la puerta sin dejar salir a las mujeres.
En hy het na die deur gewys sonder om die vroue te laat gaan.
"¿Qué quieres decir?" preguntó el intermediario desconcertado.
"Wat bedoel jy?" vra die middelman, ontsteld.
Y él hizo lo mejor que pudo para sonreír dulcemente al señor Samsa.
En hy het sy bes gedoen om soet vir mnr. Samsa te glimlag.
Los otros dos llevaban las manos tras la espalda.
Die ander twee het hul hande agter hul rug gehou.
Y se frotaron las manos con anticipación.
En hulle het in afwagting hul hande teen mekaar gevryf.
Parecía que esperaban que se produjera una fuerte pelea.
Dit het gelyk of hulle verwag het dat daar 'n harde rusie sou wees.
Pero ellos parecían estar contentos con la discusión que se avecinaba.
Maar hulle het gelyk of hulle bly was oor die komende argument.
Creían que la disputa sería a su favor.
Hulle het gedink die dispuut sou in hul guns wees.

"Quiero decir exactamente lo que acabo de decir", respondió
el señor Samsa.
"Ek bedoel presies wat ek so pas gesê het," antwoord mnr.
Samsa.
Caminó en línea recta con sus dos compañeros.
Hy het in 'n reguit lyn saam met sy twee metgeselle geloop.
**Y el señor Samsa se dirigió directamente a su caballero
principal.**
En mnr. Samsa het direk hul hoofheer genader.
El caballero primero se quedó quieto, mirando al suelo.
Die heer het eers stilgestaan en na die grond gekyk.
El contenido de su cabeza todavía estaba ordenándose.
Die inhoud van sy kop was steeds besig om homself te
rangskik.
—Está bien, nos vamos —dijo y miró al señor Samsa.
"Goed, ons sal gaan," het hy gesê en na mnr. Samsa opgekyk.
Una nueva humildad pareció apoderarse de él de repente.
'n Nuwe nederigheid het hom skielik oorweldig.
Y parecía estar pidiendo permiso para esta decisión.
En dit het gelyk of hy toestemming vir hierdie besluit gevra
het.
El señor Samsa abrió mucho los ojos y asintió un poco.
Mnr. Samsa het sy oë wyd oopgemaak en effens geknik.
Los caballeros obedecieron inmediatamente su orden.
Die here het onmiddellik sy bevel nagekom.
Y efectivamente dieron largos pasos por el pasillo.
En hulle het eintlik lang treë in die gang gemaak.
Sus amigos ya habían dejado de frotarse las manos.
Sy vriende het reeds opgehou om hulle hande te vryf.
Habían estado escuchando cómo iba la conversación.
Hulle het geluister hoe die gesprek verloop het.
Y ahora corrían tras él, como si tuvieran miedo.
En hulle het nou agter hom aan gehardloop, asof in vrees.
El señor Samsa aún podría aislarlos de su líder.
Mnr. Samsa mag hulle steeds van hul leier isoleer.
Sacaron sus palos del contenedor.
Hulle het hul stokke uit die stokkiehouer gehaal.

Y se inclinaron en silencio antes de salir del apartamento.
En hulle het stil gebuig voordat hulle die woonstel verlaat het.
El señor Samsa y las dos mujeres salieron del patio delantero.
Mnr. Samsa en die twee vroue het uit die voorhof gestap.
Pero en realidad no tenían motivos para desconfiar de los hombres.
Maar eintlik het hulle geen rede gehad om die mans te wantrou nie.
Se apoyaron en la barandilla para comprobar si se habían ido.
Hulle het teen die reling geleun om te kyk of hulle weg was.
Los tres caballeros efectivamente estaban bajando las escaleras.
Die drie here was inderdaad besig om die trappe af te klim.
En un determinado recodo de la escalera desaparecieron.
In 'n sekere draai van die trap het hulle verdwyn.
Y entonces la escalera los trajo de nuevo a la vista.
En toe het die trap hulle weer in sig gebring.
Esta aparición y desaparición se repite en cada piso.
Hierdie verskyning en verdwyning herhaal hom op elke verdieping.
Pero al final casi habían llegado al fondo.
Maar uiteindelik het hulle amper tot onder gekom.
Cuanto más avanzaban, más aburridos parecían.
Hoe verder hulle gegaan het, hoe oninteressanter was hulle.
Todos regresaron a casa, como si se sintieran aliviados.
Almal het terug huis toe gegaan, asof verlig.
Decidieron aprovechar el día para descansar y salir a pasear.
Hulle het besluit om die dag te gebruik om te rus en te gaan stap.
Sentían que merecían este descanso de su trabajo.
Hulle het gevoel dat hulle hierdie blaaskans van hul werk verdien het.
No sólo merecían este descanso, sino que lo necesitaban.
Nie net het hulle hierdie blaaskans verdien nie, hulle het dit nodig gehad.

Se sentaron a la mesa para escribir cartas de disculpas.

Hulle het aan tafel gaan sit om briewe van verskoning te skryf.

El señor Samsa escribió una carta de disculpas a su dirección.

Mnr. Samsa het sy verskoningsbrief aan sy bestuur geskryf.

La señora Samsa escribió su carta de disculpas a sus clientes.

Mev. Samsa het haar verskoningsbrief aan haar kliënte geskryf.

Y Grete escribió su carta de disculpa a su director.

En Grete het haar verskoningsbrief aan haar skoolhoof geskryf.

Mientras todos escribían, la criada llegó a la habitación.

Terwyl hulle almal besig was om te skryf, het die bediende die kamer binnegekom.

Su trabajo de la mañana había terminado, por lo que se dirigía a casa.

Haar oggendwerk was klaar, so sy was op pad huis toe.

Los tres escritores asintieron al principio, sin levantar la vista.

Die drie skrywers het eers geknik, sonder om op te kyk.

Pero la criada no parecía querer irse todavía.

Maar die bediende wou blykbaar nog nie heeltemal vertrek nie.

Esperó un poco, hasta que los tres escritores levantaron la vista.

Sy het 'n bietjie gewag, totdat die drie skrywers opgekyk het.

"¿Y bien?" preguntó el señor Samsa, enojado como los demás.

"Wel?" het mnr. Samsa gevra, kwaad, soos die ander was.

La criada estaba parada en la puerta con una sonrisa en su rostro.

Die bediende het in die deuropening gestaan met 'n glimlag op haar gesig.

Dio la impresión de tener buenas noticias que informar.

Sy het die indruk geskep dat sy goeie nuus het om te rapporteer.

Pero ella no iba a compartir la noticia a menos que se lo pidieran.

Maar sy sou nie die nuus deel tensy sy gevra word nie.

La pluma de avestruz erguida sobre su sombrero se balanceaba ligeramente.

Die regop volstruisveer op haar hoed het effens geswaai.

Aquella pluma de avestruz siempre había molestado al señor Samsa.

Daardie volstruisveer het mnr. Samsa nog altyd geïrriteer.

—Entonces, ¿qué quieres? —preguntó la señora Samsa con firmeza.

"So, wat wil jy dan hê?" het mev. Samsa ferm gevra.

La criada todavía tenía mucho respeto por la señora Samsa.

Die bediende het steeds baie respek vir mevrou Samsa gehad.

"Sí", respondió ella y soltó una carcajada amistosa.

"Ja," antwoord sy en bars in 'n vriendelike lag uit.

Por un momento su risa le impidió hablar.

Vir 'n oomblik het haar lag haar laat praat.

"No tienes que preocuparte por esa cosa de al lado".

"Jy hoef jou nie oor daardie ding langsaan te bekommer nie."

"Ya he decidido cómo nos desharemos de él".

"Ek het reeds gereël hoe ons daarvan ontslae gaan raak."

La señora Samsa y Grete continuaron escribiendo sus cartas.

Mev. Samsa en Grete het aangehou om hul briewe te skryf.

Pero el señor Samsa se dio cuenta de que la criada aún no había terminado.

Maar mnr. Samsa het opgemerk dat die bediende nog nie klaar was nie.

Ahora quería describir todo con más detalle.

Nou wou sy alles in meer besonderhede beskryf.

Pero él extendió su mano para rechazar sus esfuerzos.

Maar hy het sy hand uitgesteek om haar pogings te verwerp.

Se dio cuenta de que no estaban interesados en sus planes.

Sy het besef dat hulle nie in haar planne belangstel nie.

Y entonces recordó la gran prisa en la que había estado.

En toe onthou sy die groot haas waarin sy was.

"Ciao entonces", dijo ella, insultada por la falta de interés.

"Ciao dan," het sy gesê, beledig deur die gebrek aan belangstelling.

Pero antes de irse cerró la puerta de un golpe terriblemente fuerte.

Maar voordat sy vertrek het, het sy die deur verskriklik hard toegeslaan.

"La despedirán esta noche", dijo el señor Samsa.

"Sy sal in die aand afgedank word," het mnr. Samsa gesê.

Pero su esposa y su hija estaban demasiado ocupadas para responderle.

Maar sy vrou en dogter was te besig om hom te antwoord.

Porque la criada había perturbado la paz recién adquirida.

Omdat die diensmeisie hulle nuutgewonne vrede versteur het.

La madre y la hija se levantaron para ir a la ventana.

Die ma en die dogter het opgestaan om na die venster te gaan.

Y abrazados se quedaron allí.

En met hulle arms om mekaar het hulle daar gebly.

El señor Samsa se giró en su silla para mirarlos.

Mnr. Samsa het in sy stoel omgedraai om na hulle te kyk.

Y por un rato los observó en silencio mientras estaban allí de pie.

En vir 'n rukkie het hy hulle stilweg dopgehou terwyl hulle daar staan.

Finalmente les gritó: "¿Queréis venir a mí?"

Uiteindelik het hy na hulle geroep: "Sal julle na my toe kom?"

"Olvidémonos de todas esas cosas viejas, ¿de acuerdo?"

"Kom ons vergeet van al daardie ou goed, nè?"

"Ven a mí y dame un poco de tu atención."

"Kom na my toe en gee my 'n bietjie van jou aandag."

Las dos mujeres hicieron lo que él les dijo y corrieron hacia él.

Die twee vroue het gedoen soos hy gesê het, en na hom toe gehardloop.

Le dieron un abrazo cariñoso y le besaron.

Hulle het hom 'n liefdevolle drukkie gegee en hom gesoen.

Regresaron rápidamente para terminar de escribir sus cartas.

Hulle het vinnig teruggekeer om hul briewe klaar te skryf.

Luego los tres abandonaron el apartamento juntos.

Toe het al drie saam die woonstel verlaat.

No habían salido juntos de casa desde hacía meses.

Hulle het maande lank nie saam uit die huis gegaan nie.

Y tomaron el tranvía hasta las afueras de la ciudad.

En hulle het die tram na die buitewyke van die stad geneem.

Tenían todo el vagón del tranvía para ellos solos.

Hulle het die hele wa van die tram vir hulself gehad.

La luz del sol entraba a raudales por la ventana desde el exterior.

Sonskyn het van buite deur die venster ingestroom.

La familia se reclinó cómodamente en sus asientos.

Die gesin het gemaklik agteroor in hul sitplekke geleun.

Y discutieron las perspectivas para su futuro.

En hulle het die vooruitsigte vir hul toekoms bespreek.

Al examinarlos más de cerca, sus perspectivas no eran malas.

By nadere ondersoek was hul vooruitsigte nie sleg nie.

Los tres tenían trabajos con potencial para ganar más.

Al drie het werk gehad met die potensiaal om meer te verdien.

Nunca se habían preguntado sobre su trabajo.

Hulle het mekaar nooit oor hul werk uitgevra nie.

Pero ahora finalmente tenían tiempo para discutir esas cosas.

Maar nou het hulle uiteindelik tyd gehad om sulke dinge te bespreek.

También tenían la opción de mudarse a un apartamento más pequeño.

Hulle het ook die opsie gehad om na 'n kleiner woonstel te trek.

Esto tendría el mayor impacto en sus vidas.

Dit sou die grootste impak op hul lewens hê.

Su apartamento actual había sido elegido por Gregor.

Hul huidige woonstel is deur Gregor gekies.

Pero ahora podrían mudarse a algún lugar más asequible.

Maar nou kan hulle na 'n meer bekostigbare plek trek.

Un apartamento más pequeño, pero en un lugar más práctico.

'n Kleiner woonstel, maar iewers meer prakties.

Hablar sobre el futuro hizo que Grete se sintiera nuevamente más animada.

Om oor die toekoms te praat, het Grete weer meer lewendig gemaak.

El señor y la señora Samsa también notaron otros cambios en ella.

Mnr. en mev. Samsa het ook ander veranderinge in haar opgemerk.

Sus mejillas se habían vuelto pálidas por todas sus preocupaciones.

Haar wange het bleek geword van al haar bekommernisse.

Pero ahora su hija se estaba convirtiendo en una bella dama.

Maar nou het hul dogter in 'n pragtige dame ontwikkel.

Ahora ella realmente era una joven bien formada y hermosa.

Sy was nou werklik 'n welgeboude en fyn jong vrou.

Sus padres guardaron silencio y admiraron a su hija.

Haar ouers het stil geword en hul dogter bewonder.

Se miraron el uno al otro comunicándose inconscientemente.

Hulle het na mekaar gekyk en onbewustelik gekommunikeer.

"Pronto llegará el momento de encontrar un buen hombre para ella."

"Dit sal binnekort tyd wees om 'n goeie man vir haar te vind."

El tranvía había llegado a su destino y redujo la velocidad.

Die tram het sy bestemming bereik en stadiger geword.

Su hija pareció confirmar sus nuevos sueños.

Hul dogter het blykbaar hul nuwe drome bevestig.

Ella fue la primera en levantarse y estirar su joven cuerpo.

Sy was die eerste wat opgestaan en haar jong lyfie gestrek het.